AF199967

Andrea Reinhardt

Wutschrei
Neuer Fall für Sonderermittlerin Natalie Bennett

Thriller

© 2019 Andrea Reinhardt

www.andreareinhardt.de

1. Auflage

Umschlag/Covergestaltung: Anne Merod, www.annemerod.de

Lektorat: Anja Lott, www.lektorat-lott.com

Korrektat: Stelle Herrero Otero

Herstellung und Verlag: BoD-Books on Demand, Norderstedt

ISBN 978-3-7504-2658-9

Bibliografische Information der Deutschen Nationalbibliothek: Die Deutsche Nationalbibliothek verzeichnet diese Publikation in der Deutchen National-bibliografie; detaillierte bibliografische Daten sind im Internet über dnb.dnb. de abrufbar.

Für Nicole

„Die Rolle Deines Lebens…“

Prolog

Den Geruch würde er nie vergessen. Er stützte sich am Baum ab. Seine Beine schlotterten. Er hatte Mühe stehenzubleiben. Die Fingernägel gruben sich in die Baumrinde. *O mein Gott.* Der Atem ging schnell, seine Lunge brannte. Ein Kloß drückte gegen seine Kehle. Er starrte zum Haus. Die Flammen des Feuers tanzten vor seinen Augen, brannten sich tief in sein Gedächtnis. Der Druck presste gegen seine Magenwand.

Er beugte sich vor, erbrach. Würgte, bis nur noch Galle kam. Zurück blieb Ekel. Ekel über das, was er gesehen hatte. Abscheu über das, was er gerochen hatte. Er verfiel in einen Hustenanfall.

Blaulicht blitzte durch den Himmel. Sirenen durchbrachen die Stille der Nacht. Starr stand er im Wald, beobachtete Feuerwehrmänner aus den Fahrzeugen springen. Sie richteten die großen Schläuche auf das in Flammen stehende Haus. Das Wasser schoss gegen das Feuermeer, das sich wie eine Wand vor das Haus setzte.

Es war zu spät, sie konnten sie nicht retten. Er hatte mit eigenen Augen gesehen, wie sie lichterloh brannten. Erneut stieg ihm Galle in den Hals, als er den Geruch wahrnahm, der sich in seiner Nase festgesetzt hatte.

Eine Mischung aus ranzigem Fett, angesengten Federn, gemischt mit dem süßlichen Duft verbrannten Blutes. Sie hatten geschrien, um Hilfe gefleht. Er erinnerte sich an die Augen der Frau. Weit aufgerissen, panisch, bettelnd. Ehe das Feuer sie verschluckte. Still hatte er im Türrahmen gestanden, das Spektakel gemustert. Bis ihn der Impuls, sein eigenes Leben zu retten, aus der Starre befreite.

Ein weiterer Adrenalinstoß pumpte durch seinen Körper, als das helle Licht der Taschenlampe über den Boden tanzte. Der Lichtstrahl kam näher. Sein Herz klopfte, er hörte das Blut in seinen Ohren rauschen. Hielt die Luft an. Starr vor Angst stand er am Baum, nicht in der Lage fortzulaufen. Er riss die Augen auf, als eine Hand ihn von hinten an die Schulter packte, ehe der Lichtstrahl sein Gesicht traf.

„Wir müssen verschwinden", flüsterte jemand.

Er wurde mitgerissen.

1

„Papa, Papa, ich kann fliegen." Chuck kicherte, breitete die Arme aus.

Der Vater hielt ihn an seinen Flanken, wirbelte ihn durch die Luft. Das Kind äffte die Motoren eines Flugzeuges nach. Speichel fiel dem Vater ins Gesicht.

„Du verlierst ganz schön viel Sprit, mein Freund."

„Vielleicht läuft mein Tank aus, weil er kaputt ist", erwiderte der Sechsjährige.

Sein Vater senkte die Arme, legte seinen Sohn auf den Boden neben sich. „Dann sollte ich dich wohl mal durchchecken." Er beugte sich über das Kind und kitzelte es.

Chuck wälzte sich hin und her, lachte lauthals. Sein Gesicht war rot, er bekam kaum Luft. Seine Augen strahlten die pure Glückseligkeit aus. „Aufhören! Aufhören!"

Erschöpft legte sich sein Vater neben ihn auf den Fußboden. Er wirbelte seine Hand durch das dicke, dunkelbraune Haar seines Sohnes.

„Papa, ich habe dich so lieb."

„Ich dich auch, mein Schatz." Er musterte die braunen Augen. Der Anblick zerriss ihm das Herz.

„Papa?"

„Ja, anwesend."

Der Junge schmunzelte. „Du bist wieder traurig."

„Nein, mein Sohn, es ist alles in Ordnung. Mach dir keine Gedanken." Er sprang auf wie ein aufgescheuchtes Reh. Stellte sich über seinen Sohn, reichte ihm die Hand.

Chuck ergriff sie nicht. Sein eben noch freudestrahlendes Gesicht verwandelte sich in eine ernste Miene. „Ich möchte am Wochenende nicht zu Mama."

„Was? Warum nicht?"

„Ich mag ihren Freund nicht."

„Das musst du doch auch gar nicht."

Chucks Blick verfinsterte sich zunehmend.

Seinem Vater krampfte der Magen. Vor drei Jahren hatte Chucks Mutter die Familie verlassen. Sie war einfach verschwunden. Ohne Erklärung, ohne Grund. Die Liebe zu seinem Sohn war es, die ihn am Leben gelassen hatte. Vor einem Jahr hatte sie wieder Kontakt aufgenommen und er hatte zugesagt, dass sie Chuck jedes zweite Wochenende zu sich holen konnte.

„Er ist nicht so lieb wie du."

„Ich bin halt der Beste." Er zwinkerte seinem Sohn zu.

Chuck stiegen Tränen in die Augen.

Sein Vater legte sich wieder zu ihm, drehte sich auf die Seite und stützte den Kopf auf die Hand. Der Ellenbogen bohrte sich in den flauschigen, grünen Teppich, auf dem Chuck die meiste Zeit verbrachte. Auf ihm aß er, schlief er gern ein, spielte er. An jeder Stelle entdeckte man seine Spuren. Jeder andere hätte ihn bereits weggeworfen, doch für den Vater kam das nicht infrage. Er erzählte die

Geschichte zwischen ihm und seinem Kind. „Chuck, was ist los? So schlimm?"

Der Junge nestelte mit seinen Fingern. Seine Tränen kullerten die Wangen hinab. „Er schimpft immer nur. Ich darf nichts spielen, ich muss ruhig sein. Ich bin viel lieber bei dir." Er wischte die Tränen mit dem Ärmel seines Lieblingspullovers ab, schmiegte sich an die Brust seines Vaters. Mit seinen dünnen Ärmchen umgriff er den großen Oberkörper.

„Wenn du nicht willst, dann musst du auch nicht. Ich rufe Mama an und sage es ihr." Niemals würde er seinen Sohn dazu zwingen. Er spürte die Angst. Chuck war keine Mimose. Wenn er sich vor etwas fürchtete, dann hatte es auch einen Grund.

Chuck nickte. „Sie wird bestimmt böse sein."

„Hauptsache, dir geht es gut." James küsste ihn auf die Stirn und erhob sich. „Schau noch einen Augenblick fern. Wenn ich zurück bin, holen wir uns ein großes Eis."

„Jaaaa!" Chuck schmiss seine Arme in die Luft. „Bringen wir auch Oma und Opa eins mit?"

„Weißt du was? Ich frage sie einfach, ob sie uns nicht begleiten wollen."

Chucks dunkle Augen strahlten. „Yippie!" Seine euphorische Reaktion war Ausdruck purer Erleichterung.

Irgendetwas schien vorgefallen zu sein. Um das erlösende Gefühl seines Sohnes nicht zu zerstören, entschied er, das Gespräch mit Chuck auf später zu verschieben. Stattdessen wählte er die Nummer seiner Exfrau.

„Hier ist James." Sein Tonfall klang wütend. „Chuck wird am Wochenende nicht kommen."

„Was soll das, James? Ich habe ein Recht, ihn zu sehen."

„Recht? Du bist abgehauen. Du hast ein kleines Kind zurückgelassen. Mit dieser Entscheidung hast du dir jegliches Recht verspielt."

„Ich möchte es doch wieder gut machen."

„Chuck hat Angst vor deinem neuen Mann. Ich werde ihn nicht zwingen. Klär das!" Er legte auf, ohne auf eine weitere Antwort zu warten.

Ob er ein Recht dazu hatte, das zu entscheiden, war ihm in diesem Moment egal. Seine Halsschlagader pulsierte. Noch immer hatte er eine unbändige Wut auf seine Ex. Es war keine Trauer mehr um die Liebe, kein verletzter Stolz. Es war die Empörung, dass sie ihn mit Chuck, ohne etwas zu sagen, zurückgelassen hatte. Sich den Nächstbesten geschnappt hatte und plötzlich wieder die liebende Mutter spielen wollte. Jahrelang war sie ihren Pflichten als Mutter nicht nachgekommen. James hatte aufgegeben, zu ergründen, warum sie eine gut funktionierende Ehe und glückliche Familie im Stich gelassen hatte. Anscheinend war ich nicht gut genug. Er schlug mit der Faust auf den Küchentisch. Ein Glas klirrte, fiel um.

„Papa, alles okay?"

„Alles bestens. Zieh dir Schuhe an, Spiderman. Es geht gleich los." Er rief bei seinen Eltern an.

„Kommen Oma und Opa mit?" Chuck hatte sich neben das Telefon geschlichen, trat aufgeregt von einem Fuß auf den anderen. Seine Hände waren wie zu einem Gebet zusammengefaltet.

„Leider haben sie keine Zeit." James verschwieg seinem Sohn, dass es seiner Mutter nicht gutging.

„Schade." Sein Blick senkte sich. „Vielleicht können wir sie besuchen?" Chuck liebte die Gegend, in der seine Großeltern lebten. Sie wohnten an einem Waldrand, wo der Fluss war, an dem er so gern spielte.

„Das ist keine gute Idee. Wenn dich Mama dort sieht, wird sie vielleicht wirklich noch sauer." Seine Exfrau und ihr neuer Mann bewohnten ein Haus in dieser Gegend, ein Stück abgeschiedener, im Waldgebiet.

„Okay, dann besuchen wir sie ein anderes Mal." Er grinste.

„Nun aber los. Sonst essen die Leute uns das ganze Eis weg."

Als James das Auto aus der Garage fuhr, erkannte er im Rückspiegel einen Mann am Ende des Grundstückes. In zerfledderter Jogginghose, durchlöchertem T-Shirt, mit verschränkten Armen. Er stierte auf die Garage. Die Sonne stand direkt über seinen zerzausten Haaren, was von der Ferne aussah wie ein Heiligenschein. James begriff sofort, um wen es sich handelte. Er selbst hatte ihn noch nie gesehen. Jedoch hatte Chuck ihm von dem Aussehen erzählt. „Papa, er sieht aus, als wäre er arm, er trägt immer kaputte Sachen. Die sind auch ganz schmutzig." James dachte nicht daran, ihn zu beachten. Unbeirrt fuhr er den Wagen die Einfahrt hinunter, den Mann im Rückspiegel im Auge. Dieser bewegte sich keinen Meter von der Stelle. Frech grinsend verharrte er am gleichen Fleck. In James kochte Wut. Er fuhr bis an ihn ran, hupte. Als er sich nicht bewegte, ließ James die Hupe gedrückt. Das Dröhnen hallte über die ruhige

Straße. Die Nachbarin schaute aus dem Fenster, halb versteckt, hinter der Gardine.

„Papa, was will er? Will er mich holen?"

„Keine Sorge, er wird dich nicht mitnehmen." In Gedanken beschloss er: Du wirst nie wieder dorthin gehen. James kurbelte das Fenster hinunter. „Beweg deinen lumpigen Kadaver von der Straße."

Der Mann holte aus, schlug unvermittelt auf die Kofferraumhaube.

Chuck zuckte zusammen, weinte.

James trat auf das Gaspedal, ohne einen Gang einzulegen. Der Motor heulte auf. Im selben Augenblick krachte ein dicker Ast auf das Dach. Der Knall ließ James zusammenzucken. Chuck schrie.

„Ist dieser Kerl von allen guten Geistern verlassen?" James öffnete die Tür.

„Papa, nicht. Er wird dich hauen." Chuck weinte stumm.

„Ich bin gleich wieder da." Als James ausstieg, begriff er die Angst seines Sohnes. Der Ast steuerte auf ihn zu.

2

Alexander zog den Zettel aus der oberen Schublade seines Schreibtisches. Faltete ihn auseinander. Er hatte den Text hunderte Male gelesen. Die krakelige Handschrift, die er von diversen Einladungen kannte. Die Zeilen trafen ihn erneut wie ein Schlag. Alex schluckte. Er fröstelte, schlug mit der Faust auf den Schreibtisch, sodass sein Kaffeebecher abhob. Der unbändige Zorn auf den Exmann von Natalie brachte ihn zum Wahnsinn.

Sein Blick wanderte durch sein neues Büro, das er seit seiner Beförderung nutzte. Es war karg eingerichtet. Kahle Wände, ein Schreibtisch mit Stuhl und ein Computer. Der Rest stand noch immer in seinem alten Büro. Seine Sorgen hinderten ihn daran, das neue Zimmer einzurichten. Er bemerkte nicht, dass sich die Tür öffnete.

„Chef?"

Alex zuckte zusammen. Sah auf. Er blickte in das irritierte Gesicht von Herb Harris. „Sorry, du hast auf mein Klopfen nicht gehört. Darf ich hereinkommen?"

Alex räusperte sich, zerknüllte den Zettel und versteckte ihn in der Schublade. „Natürlich, komm rein." Er stand auf und stellte sich ans Fenster. Seine Hände waren geballt. Der Missmut, der ihn seit Tagen beherrschte, ließ nicht nach.

Herb musterte seinen Vorgesetzten. „Du hast immer noch nichts von ihr gehört?"

„Nein." Alex senkte seinen Kopf. Er drückte die Mine eines Kugelschreibers rein und raus. Als er bemerkte, dass er zu launisch reagierte, fügte er hinzu: „Das Handy ist aus. Ich weiß nicht, wo sie ist. Ich kann sie aber auch nicht mehr lange decken."

„Natalie hat eine harte Zeit hinter sich."

„Ich weiß, Herb. Dass sie noch vor Weihnachten erfahren musste, dass ihr Exmann ein Kindermörder ist, ist nur schwer zu verdauen. Aber es ist alles noch viel schlimmer."

„Ich verstehe das nicht. Sie wollte doch nach ihrer Zwangspause unbedingt wieder arbeiten. War sogar sauer, weil du sie gezwungen hast, von zu Hause aus zu arbeiten. Warum haut sie plötzlich ab?"

Alex' Wangen glühten. Er hatte seinem Team noch nicht erzählt, warum Natalie verschwunden war. Er wischte sich übers Gesicht. Unter seinen Augen zeichneten sich dunkle Augenränder ab. Den Urlaub, den er zur Auszeit genommen hatte, hatte er einzig aus dem Grund genommen, um nach Natalie zu suchen. Schlaf hatte er kaum gehabt. Die unermüdlichen Nachforschungen nach seiner Partnerin zehrten an seinen Nerven. „Wie geht es dir eigentlich?", lenkte er vom Thema ab. „Ich sehe doch, dass du seit ein paar Wochen gesundheitliche Probleme hast."

„Ich bin in bester Verfassung. Lenk nicht vom Thema ab, Alex. Du weißt doch etwas."

Der Agent schloss die Augen. In seinem Kopf hämmerte es. Irgendwann mussten die Kollegen es erfahren, wobei die meisten sowieso ahnten, dass etwas im Argen lag. Iceman hatte mitbekommen, dass Natalie weg war. Alexander hatte ihn hingehalten, hatte erklärt, dass sie dringend Urlaub benötige, nach den Erfahrungen der letzten Wochen. Obwohl Iceman nicht gerade mit Empathie glänzte, hatte er nichts einzuwenden gehabt. Dass Natalies Exmann Jacob seinen eigenen Sohn ermordet hatte, hatte Alex verschwiegen. Doch nun musste Natalie zurückkommen, ansonsten stand ihr Job endgültig auf der Kippe.

„Alex?" Herb wartete auf eine Antwort.

Sein Vorgesetzter breitete wortlos den zusammengeknüllten Brief vor Herb aus. Er wusste, sein Kollege würde so lange keine Ruhe geben, bis er erfahren hatte, was los war.

Herb überflog die Zeilen. Es war still. Er wagte nicht, zu atmen. Sein Gesicht wurde weiß.

Alex sah aus dem Fenster, lauschte den vorbeifahrenden Autos.

Liebe Natalie,

bitte verzeih mir, was ich getan habe. Liam war unser Sonnenschein. Ich liebte ihn. Doch er hat mir meine Liebe gestohlen. Meine ganze Kindheit wurde ich nicht geliebt. Durch dich habe ich endlich Liebe erfahren dürfen. Du warst meine Traumfrau. Ich hätte alles für dich getan. Dann kam Liam. Du hattest nur noch Augen für ihn. Deine ganze Aufmerksamkeit hast du ihm geschenkt. Es hat dir noch nicht einmal etwas ausgemacht, dass ich nächtelang weggeblieben bin. Er hat sich zwischen uns gestellt. Wieder war ich allein. Ich habe wieder erlebt, wie eine mich liebende Person von mir ging. Das konnte ich nicht zulassen. Ich wollte nicht noch einmal so leiden wie damals, als mein Vater starb. Er musste weg. Ich habe ihn zu den Engeln geschickt. Er musste nicht leiden, das schwöre ich dir. Vor seinem Tod hatte er einen wunderschönen Tag. Er war zufrieden, als er in meinen Armen eingeschlafen ist.

Dein Jacob.

„Das ist nicht dein Ernst!" Herb setzte sich auf den Schreibtischstuhl, hielt sich an der Tischkante fest.

Alexander betrachtete seinen Kollegen. „Alles in Ordnung?"

Herb winkte ab. „Ich muss das gerade verdauen."

Aus Alex sprach Verzweiflung. „Ich mache mir Sorgen."

„Zu Recht. Das verkraftet sie nicht. Sie hat doch schon genug erdulden müssen. Haben wir uns alle so in Dr. Bennett getäuscht? Meinst du, sie tut sich etwas an?"

Alex schüttelte den Kopf. „Vorerst sicher nicht."

Herb runzelte die Stirn. „Wie meinst du das?"

„Klar, sie befindet sich in einer Ausnahmesituation. Ich befürchte aber, es wird etwas viel Schlimmeres geschehen. Du erinnerst dich an den Zustand des Hauses von Jacob Bennett? In das Natalie eingebrochen war?"

Herb nickte.

„Ich vermute, sie hat den Brief dort gefunden. Das war Wut. Sie ist komplett ausgerastet."

„Das wäre ich auch. Erst erfährt sie, dass sie mit einem Kindermörder verheiratet war, aber dass er auch noch seinen eigenen Sohn getötet hat? Aus Eifersucht? Wie krank ist der Typ?"

„Herb, du verstehst nicht."

Herb blickte betroffen zu Boden, wollte es ungern aussprechen. Die zwei Jahre waren schlimm. „Du meinst, sie wird wieder zur Flasche greifen? Sie ist erst ein Jahr wieder trocken, das kann man noch nicht stabil nennen."

Alex schüttelte noch einmal den Kopf. „Ich glaube, sie ist auf der Suche nach ihm."

Herb hielt inne, riss seine Augen auf. „Du glaubst, deshalb ist sie verschwunden?"

„Ich habe den Brief auf ihrem Küchentisch gefunden, als ich nach Abschluss des letzten Falls zu ihr wollte. Die Tür stand offen und die Botschaft lag da. Ich sollte sie lesen. Wir müssen sie finden, bevor sie den größten Fehler ihres Lebens begeht."

„Sie hat nichts mehr zu verlieren." Herb stand vom Stuhl auf, stellte sich neben Alexander.

„Ich weiß." Alex musterte seinen Kollegen. Herb hatte in der letzten Zeit enorm abgenommen, was an dem schlabbernden Pullover unschwer zu erkennen war. Seine derzeitige Optik verriet, dass er in keiner guten Verfassung war. Vor ein paar Wochen war Herb plötzlich in die Klinik eingewiesen worden, doch einen Grund hatte Alex nie erfahren. Herb machte ein Geheimnis daraus. „Wie geht es dir denn nun, Harris?" Alex lächelte ihn an, was vielmehr zu seiner Beruhigung diente. Er hatte Sorge, dass Herb ernsthaft krank war.

„Mir gehts gut. Hier steht das blühende Leben vor dir." Er haute sich mit beiden Händen gegen die Brust.

„Du hast ganz schön Bauch verloren." Alexander versuchte es witzig klingen zu lassen, konnte seine Sorge jedoch nicht verstecken.

„Na klar, es ist doch total langweilig. Alle nehmen über Weihnachten und Silvester zu. Ich wollte mal was anderes machen." Er zwinkerte, doch die Spur Angst in seinen Augen entging Alex nicht.

Alex begriff, dass er aus Herb nichts herausbekommen würde. „Wolltest du etwas Bestimmtes?"

„Nein, ich wollte nur mal nach dir schauen. Was hast du jetzt vor wegen Natalie?" Er zeigte auf den Brief ihres Exmannes.

„Wir werden nach Jacob Bennett suchen. Inoffiziell natürlich. Wir müssen es neben unserer eigentlichen Arbeit tun. Das sind wir Natalie schuldig. Hoffen wir, dass uns die Verbrecher der Stadt etwas Ruhe gönnen."

Herb verschränkte die Arme. Schweigend betrachtete er seinen Kollegen. Dann klatschte er in die Hände. „Dann los, informieren wir die anderen! Besser wir finden ihn, bevor Natalie es tut." Harris verließ den Raum.

Alex verharrte noch einen Augenblick am Fenster, beobachtete das bunte Treiben auf Chicagos Straßen. Autos hupten, Kinder lachten, Erwachsene eilten über den grauen Asphalt. Schon lange hatte Alexander das Gefühl, die Menschen waren nur noch gehetzt. Jeder in seinem eigenen Leben gefangen. Ohne Blick auf andere.

Getrieben von zeitfressenden Jobs, Erfolg, Hass und Wut. Wut war auch das, was Natalie verändert hatte.

Hoffen wir, dass sie ihn nicht schon gefunden hat.

3

5. Januar 2017

Gedankenverloren eilte sie über die Straße. Das Hupen eines Taxis schreckte sie auf. Der Fahrer tippte sich wütend an die Stirn. Erst jetzt bemerkte sie, dass die Ampel rot war. Sie setzte ein freundliches Lächeln auf, winkte dem Herren zu, um sich zu entschuldigen. Bei dem Versuch schnell zu verschwinden, um nicht noch mehr Blicke auf sich zu ziehen, knickte sie um. Humpelnd überquerte sie die breite Straße. Völlig überfordert mit dem Verkehr Chicagos. Sie verdrehte die Augen. Am liebsten hätte sie sich in Luft aufgelöst. Nicole schaute dem Taxifahrer hinterher, der kopfschüttelnd auf das Gas trat. Der Motor heulte auf.

Nicole atmete aus, lachte über ihr Verhalten. *An das Leben in Chicago muss ich mich noch gewöhnen.* Es verging kein Tag, an dem nicht irgendein Autofahrer ihretwegen hupte. Ihr kam das gestrige Telefonat mit ihrer Freundin aus Deutschland in den Sinn. „Mir geht es hier wirklich gut."

„Meinst du nicht, es war etwas überstürzt, gleich dort hinzuziehen? Ich meine, ihr kennt euch noch nicht lang. Wer weiß, ob er der Richtige für dich ist."

„Charles ist wunderbar, Steffi. Ich liebe ihn und die Stadt ist traumhaft. Und ich kann weiter in meinem Beruf arbeiten. Ich fühle mich wirklich wohl."

„Die Amerikaner ticken so ganz anders als wir."

„Sie sind cool drauf. Offen. Ehrlich, ich bin glücklich."

Wenn ihre Freundin wüsste, dass sie so ziemlich jeden Tag überfordert war, sich in der großen Stadt zurechtzufinden. Dass alles ganz anders war als Nicole ihrer Freundin auftischte. Sie würde kommen und sie eigenhändig zurück nach Deutschland holen. Drei Monate lebte sie erst in Chicago. Ihr Freund Charles war beruflich in Deutschland unterwegs gewesen, als sie ihn kennengelernt und sich Hals über Kopf in ihn verliebte hatte. Sie überlegte nicht lange, als er fragte, ob sie ihn nach Chicago begleiten würde. Er hatte ihr sofort einen Job als Intensivkinderkrankenschwester beschafft, ein Traumjob.

Nicole hockte sich hin und rieb sich über den schmerzenden Knöchel. Er war etwas angeschwollen. Sie liebte es, in Absatzschuhen zu laufen. Doch in Chicago sollte sie wohl auf Sneakers umsteigen, ehe sie sich sämtliche Knochen brechen würde. Der Blick auf die Uhr beruhigte sie. Noch genug Zeit bis zum Dienstbeginn. Sie benötigte dringend einen Kaffee. *Es war das Richtige, ihn zu begleiten,* besänftigte sie ihre Zweifel. Jeden Tag leierte sie den Satz hinunter, um sich selbst davon zu überzeugen. Doch ein Teil der Magenschmerzen wollte nicht verschwinden. Die Stelle im Cheslock-Kinderkrankenhaus gefiel ihr. Mit den meisten ihrer Kollegen kam sie gut aus. Sie war froh, dass sie in ihrem gelernten Beruf weiterarbeiten konnte, auch wenn in Amerika vieles anders als in Deutschland ablief. Sie war wegen der Liebe nach Amerika gezogen. Alles war perfekt. Doch in der Stadt fühlte sie sich einsam und verloren.

An einem kleinen Strandcafé in der Nähe des Olive-Parks holte sie sich einen Latte macchiato. Sie liebte das Café am Strandabschnitt des Lake Michigan. Zwar war es im Sommer eindeutig angenehmer, doch die Betreiber hatten das ganze Jahr über geöffnet. Gedankenverloren rührte sie den Zucker unter den Milchschaum. Als sie den Becher an den Lippen ansetzte, tippte ein Zeigefinger auf ihre Schulter. Nicole zuckte zusammen.

„Junge Dame, ich weiß ja nicht, wo Sie herkommen. Bei uns bedeutet eine rote Ampel, dass Sie stehenbleiben müssen."

Nicole schluckte kräftig und errötete. Der Taxifahrer. „Bitte entschuldigen Sie, ich war völlig in Gedanken. Tut mir leid, wenn ich Sie verärgert habe."

Der Fahrer zog die Augenbrauen hoch. „Sie sind wirklich nicht von hier, was?"

„Nein, ich lebe seit drei Monaten hier. Ich komme aus Deutschland."

„Schon klar, dort gibt es keine roten Ampeln." Der Fahrer lachte.

Nicole atmete entspannt aus. „Darf ich Sie zur Entschuldigung auf einen Kaffee einladen?"

„Das nehme ich..." Sein Handy läutete. „Entschuldigung." Er schweifte mit dem Blick auf das Telefon. „Ein anderes Mal vielleicht." Er lächelte. „Die Arbeit ruft. Ich wünsche Ihnen einen schönen Tag. Und immer schön die Augen auf." Er tippte sich an die Schläfe und wandte sich mit dem Handy am Ohr von ihr ab.

Nicole war erleichtert. Sie hatte eigentlich keine Lust auf einen freundlichen Smalltalk. Sie trank den letzten Schluck ihres Latte macchiatos, schmiss den Becher in den Müll und schlenderte Richtung Kinderklinik.

Die Krankenschwester stammte aus einem kleinen Ort in Rheinland-Pfalz. Dort kannten sich die Nachbarn untereinander. Man plauderte freundlich, wenn man sich auf der Straße traf. Als sie durch die East-Chicago-Avenue schlenderte, fühlte sie sich verloren. Alles war anonym. Die Menschen hasteten aneinander vorbei, ohne sich eines Blickes zu würdigen. Die hochgebauten Häuser wirkten gigantisch im Gegensatz zu den Gebäuden, die in ihrer Heimat zu finden waren. Hier musste sie ihren Kopf in den Nacken legen, um bis an die oberste Spitze einiger Häuser zu schauen. Sie spazierte am Lake-Shore-Park vorbei und beobachtete die Väter, die mit ihren Kindern auf dem Spielplatz tobten. In der Höhe des Museums für Moderne Kunst blieb sie stehen. Sie hatte vor, am Wochenende einen Ausflug dorthin zu machen. Mit dem Smartphone fotografierte sie die Öffnungszeiten. Das Foto sendete sie an Charles. *Würde mich sehr freuen, wenn wir gemeinsam hingehen,* tippte sie als Kommentar. Sie sah, dass er einen Moment online ging. Doch eine Antwort blieb er ihr schuldig.

„Das Museum ist es wert, dass man es besucht", raunte ihr eine weibliche Stimme von hinten ins Ohr.

Nicole räusperte sich. Sie war in ihren Gedanken versunken gewesen und hatte nicht bemerkt, dass sich hinter ihr eine Kollegin angeschlichen hatte.

„Nach allem, was hier damals passiert ist, ist es wirklich eine Schande, so etwas dort hinzustellen", sagte Kim. „Die Stimmung ist sowieso angespannt, seit dieses Elternpaar die zwei Kinder entführt hatte."

Nicole hatte von der Geschichte gehört.

„Ich telefoniere mit der Verwaltung. Hol dir einen Kaffee, Nicole. Ich bin gleich zurück."

Nicole setzte sich an den Tisch im Aufenthaltsraum. Sie nestelte mit den Fingern, wirkte angespannt. In ihrem Magen brodelte es. Irgendetwas bereitete ihr Sorgen. Ein Desasteralarm dröhnte über den Flur. Eine der diensthabenden Schwestern schrie: „Ich brauche einen Arzt!"

Kim kehrte zurück und setzte sich kopfschüttelnd an den Tisch. „Niemand weiß irgendetwas." Sie nippte an ihrem Kaffee, den ihr Nicole bereits hingestellt hatte und blätterte ein Werbeblättchen durch. Eine weitere Kollegin betrat den Raum. Auch sie zog sich um und setzte sich zu den beiden. Nicole mochte sie nicht.

„Man, ich bin vielleicht müde." Die Kollegin schüttelte ihr langes Haar nach hinten, drehte sie zu einem Dutt auf und befestigte ihn mit einem Haargummi.

„Warum?", fragte Kim, ohne vom Prospekt aufzuschauen. Die Frage wirkte nicht wirklich interessiert.

„Ich hatte einen beschissenen Traum. Ich glaub, der Tag wird heute nicht gut enden."

„Oh, cool", platze es aus Kim heraus. „Es gibt die neuen Trendbadelatschen im Angebot. Die wollte ich schon immer haben." Dann erst reagierte sie auf Carries Traum. „Unsinn, Carrie. Ich gebe nichts auf Träume."

„Auch nicht, wenn sich deine kühnsten Träume eines Tages erfüllen?"

„Den Traum habe ich aufgegeben." Kurz blickte Kim auf. Schaute beide Kolleginnen an.

Nicole blieb stumm. Doch ihr rechtes Auge fing an zu zucken. Sie fühlte sich noch unwohler.

„Geht es dir nicht gut? Du siehst blass aus." Kim musterte Nicole.

Nicole strich sich über die Oberschenkel. „Alles okay. Ich bin nur etwas abergläubisch. Der Satz von Carrie hat mich etwas erschrocken. Ich denke, dass es einen guten Grund gibt, warum man Dinge träumt."

Carrie schaute etwas pikiert. Reagierte aber nicht auf ihre neue Kollegin. „Gott sei Dank habe ich nur noch zwei Tage, dann fliege ich in den Urlaub."

Kim verdrehte die Augen, schmunzelte Nicole an. Sie machte kein Geheimnis daraus, dass ihr Carrie manchmal auf die Nerven ging.

Dann kam die Stationsleitung zur Übergabe.

Nicole erschrak über die blasse Gestalt. Wie in Zeitlupe ließ sich die Leitung auf den Stuhl fallen. Ihre Schultern sackten zusammen.

„Was ist denn mit dir los?", fragte Kim.

„Es ist kaum zu glauben. Und ich würde es auch nicht glauben, wenn ich es nicht mit eigenen Augen gesehen hätte." Gespannt warteten die drei Kolleginnen auf das, was die Leitung zu sagen hatte.

„Der Junge aus Zimmer drei, Marc, … er ist verschwunden."

4

James knallte die Autotür zu. Sein Herz raste. Der Mann brüllte, lallte. Er konnte seine Worte nicht verstehen.

„Papa!" Chuck kauerte sich zusammen, als könne er sich auf diese Weise in Luft auflösen. „Papa, ich habe Angst."

„Beruhig dich, verdammt noch mal!" James startete den Wagen. „Ich fahre ja schon weg."

Ein Krachen ertönte, das beide zusammenzucken ließ. Der Motor des Wagens verstummte. Stille. Unfassbare Stille. Der Ast war gegen die Fensterscheibe geknallt. Doch der Schlag hatte nicht ausgereicht, um sie zum Bersten zu bringen.

„Du nimmst meiner Frau ihr Kind nicht weg …," Der Mann bäumte sich auf. „… du Stück Dreck!" Immer wieder schlug er mit der Hand auf die Fensterscheibe ein. „Chuck wird das Wochenende bei seiner Mutter verbringen. Haben wir uns verstanden?"

Aus dem Wimmern von Chuck war ein herzzerreißendes Kreischen geworden. Als James den Blick zur Seitenscheibe wandte, starrte ihn der Mann an. Reglos. Wie eine hässliche Fratze. Sein Grinsen entfachte in ihm eine Wut, die kaum zu bändigen war.

Nochmals versuchte James, den Wagen zu starten. Das Geschrei von Chuck zehrte an seinen Nerven. „Hör auf zu schreien, Chuck!"

Der Mann wanderte um das Auto. Sein Gesicht verzerrte sich zu einer Grimasse, seine Gedanken schienen jenseits von Gut und Böse. James schaltete den Rückwärtsgang ein. Er wartete, hoffte inständig, dass sich dieser Unmensch hinter seinen Wagen stellen würde. Er wollte ihn über den Haufen fahren. Er wollte verhindern, dass sein Sohn jemals wieder in seine Nähe kam. Doch der Mann gab ihm keine Gelegenheit, seinen Wunsch umzusetzen. Stattdessen verließ er das Grundstück. James atmete hörbar aus. Es war besser so, dass er die abwegige Idee nicht in die Tat umsetzen konnte. Chuck hätte diese Bilder nie aus dem Kopf bekommen. Erschöpft sackte er im Sitz zusammen. Ein letztes Mal schaute er sich um, um sicherzugehen, dass der Typ nicht vielleicht mit einer Waffe zurückkam. Doch er war weg.

James drehte sich zu Chuck, der zitternd auf dem Beifahrersitz kauerte und schluchzte. „Alles in Ordnung?"

Chuck nickte, schluckte schwer. War nicht in der Lage etwas zu äußern.

„Es tut mir leid, dass ich dich so angefahren habe." James bereute seinen Ausbruch. „Das war nicht richtig. Es ist nicht deine Schuld gewesen." Er streichelte ihm sanft über die wuschelige Haarpracht. „Das Eis haben wir uns jetzt aber verdient."

„Ich habe keinen Hunger mehr auf Eis", wisperte der Junge.

sagen, wie sehr er sie hasste. Für das, was sie ihm und Chuck angetan hatte. James folgte der Landstraße. Die Erbitterung über seine Exfrau, über ihren Mann brodelte in ihm. Die Dreistigkeit seiner neugierigen Nachbarin. All das machte ihn rasend. Nie wieder würde er Chuck in dieses Haus lassen. Er wollte sich gar nicht ausmalen, was der Mann mit Chuck anstellen würde, wenn er wütend auf ihn werden würde.

Die Straße war noch feucht vom Regen, die Sonne spiegelte sich auf ihr. James grinste seinen Sohn an und drehte die Musik lauter, als das Lieblingslied der beiden ertönte. Schwungvoll wippte James mit dem Kopf, schnitt Grimassen. Der Aufmunterungsversuch funktionierte. Chuck hielt sich den Bauch vor Lachen. James beugte sich zu ihm, reichte ihm einen Kussmund. Plötzlich begann der Wagen zu schlittern. Geschockt riss James das Lenkrad herum, stieg auf die Bremse. Beide flogen nach vorn. Chuck schrie. Der Wagen blieb quer auf der Straße stehen. Beide starrten stillschweigend geradeaus. Nur das Radio spielte ohne Unterbrechung weiter.

James atmete hörbar aus. „Gerade noch mal gutgegangen." Er blickte seinen Sohn an, der ganz steif im Sitz saß. Blass. „Ich habe das Gefühl, jemand versucht uns heute, das Eis madig zu sprechen." Zitternd startete er den Wagen erneut, als sich ein lautes, langgezogenes Hupen näherte. James drehte sich automatisiert zu seiner Fensterseite. Wie in Zeitlupe, unfähig zu reagieren. Ein LKW raste geradewegs auf ihn zu. Wie in Trance nahm er einen markerschütternden Schrei neben sich wahr, dann einen lauten Knall. Stille.

Es roch nach verbranntem Gummi. Gedämpft hörte er Stimmen um sich herum.

„Er verliert viel Blut."

Reden sie von Chuck?

„Schnell, wir müssen sie da rausholen!"

James versuchte, zu Chuck zu schauen. Doch er schaffte es nicht, sich zu drehen. Jeder einzelne Teil seines Körpers schmerzte. Der Schmerz zerriss ihn fast. Er versuchte, die Augen zu öffnen. Durch einen kleinen Schlitz blickte er wie durch einen grauen Schleier.

„Ich habe den Jungen."

Die Stimmen drangen nur schwer in sein Gehör. Etwas ruckelte, dröhnte. Dann zerrte jemand an ihm.

„Sieht übel aus."

Um Gotteswillen, meinen sie damit Chuck? Wo ist er? Wie geht es ihm? Warum antwortet mir keiner?

Es ruckelte an ihm, etwas piepste. Er wollte aufstehen, wollte schreien, doch zu nichts war er in der Lage.

„Wir verlieren ihn."

Panik stieg in James hoch. *Sie dürfen Chuck nicht verlieren. Mein Junge, o nein, bitte, mein Sohn.* Er wurde schwächer, spürte, dass ihn die Kraft verließ.

Eine kleine Hand legte sich auf seine Stirn, ein leises Schluchzen bahnte sich durch seine Ohren.

„Papa?"

James riss sich zusammen, sammelte seine letzte Kraft. Er öffnete die Augen, sah in das blutverschmierte Gesicht seines Kindes.

„Chuck", flüsterte er. Es war mehr nur eine Mundbewegung. James spürte, wie sich eine Nebelwolke über ihn legte. Verschwommen las er in den Augen von Chuck. Trauer. Angst. Schmerz.

„Papa, ich habe dich lieb. Können wir jetzt Eis essen?"

James Lippen bewegten sich. Es sah aus, als würde er lächeln. Durch sein Inneres zog eine Zufriedenheit, eine Wärme. Und plötzlich fühlte er sich, als würde er schweben. Frei. So wie Chuck, wenn er seine Arme ausbreitete und euphorisch rief: „Ich fliege!" James konnte nicht mehr antworten. Doch sein letztes Gefühl war die unbändige Liebe zu seinem Sohn und gleichermaßen die Sorge um ihn.

5

5. Januar 2017, Chicago

„Verdammt, Natalie. Was soll der Mist? Melde dich wenigstens ein Mal zurück. Denkst du auch mal eine Sekunde lang an deine Kollegen?" Alexander unterbrach das Gespräch. Das Handy flog über den Schreibtisch und schlitterte bis ans andere Ende. Dem Geräusch des Aufpralls zufolge landete es im Papierkorb. Alex ließ es liegen. Er fragte sich, wie Natalie so dumm sein konnte. Er verstand ihre Lage, doch sie riskierte ihren Job. Vermutlich würde er in solch einer Situation genauso handeln. Doch es ging nicht um ihn.

Er schüttelte den Kopf und hielt sich für einen Moment die Augen zu. Es drehte sich um die Frau, die er seit Jahren liebte. Er wusste nicht, worüber er sich am meisten ärgerte. Dass er es hätte ahnen müssen, dass sie etwas in dem Haus gefunden hatte? Dass sie sich ihm nicht anvertraut hatte? Nachdem Natalie in das Haus ihres Exmannes eingebrochen war, hätte klar sein müssen, dass sie irgendetwas aus der Fassung gebracht hatte. Etwas, das gewichtiger gewesen war, als die Tatsache, dass Jacob nebenher noch ein zweites Haus bewohnte, ein Doppelleben geführt hatte. Doch Alexander hatte sich blenden lassen. Hatte sich belügen lassen. Natalie spielte die tapfere Exfrau, die starke Person, die sie einst gewesen war, bevor ihr Sohn entführt worden war. Niemand hatte bemerkt, dass sie innerlich zerrissen war. Dass sie an einem Fall mit ermittelte, obwohl sie die ganze Zeit wusste, dass Jacob Bennett ihren Sohn getötet hat. Wie sehr musste sie sich gequält haben?

„Scheiße, man!" Alex trat gegen die Wand. Er hatte geplant, ihr endlich seine Liebe zu gestehen. An jenem Tag, als er ihr Haus leer vorgefunden hatte. Er wusste nicht, ob er jemals wieder mutig genug sein würde, es ihr zu sagen. Alexander räusperte sich. Es hatte keinen Sinn, sich darüber Gedanken zu machen. Im Moment war er einfach nur verärgert. Vielleicht war es sogar besser, dass sie derzeit nicht vor ihm stand. Er würde keine netten Worte für sie übrighaben.

Der Leiter der Einheit kramte sein Handy aus dem Papiermüll und warf einen letzten prüfenden Blick darauf. Noch immer voller Hoffnung, sie hätte sich gemeldet. Enttäuscht verließ er sein Büro. Im Besprechungsraum erwarteten ihn die erwartungsvollen Blicke der Kollegen. Einige kamen frisch aus dem Urlaub.

Als Alex das Büro betrat, setzte lauter Beifall ein.

Aiden King pfiff anerkennend. „Special-Agent-in-Charge Johnson. Ich gratuliere. Müssen wir Sie jetzt siezen?" Er stand auf, verbeugte sich und zwinkerte. Aiden hatte seine Haare kürzer geschoren. Er sah erholt aus.

Obwohl Alex froh war, seine Kollegen um sich zu haben, war ihm nicht zum Scherzen zumute. „Danke King. Schön, dass du zurückgekommen bist. Siehst gut aus." Seine Worte spuckte er heftiger aus, als er beabsichtigte.

Sein Team schaute ihn irritiert an. Einzig Herb blickte auf den Boden.

Alexander seufzte. „Entschuldigt bitte. Ich bin gereizt. Oder vielmehr mache ich mir Sorgen. Deshalb bin ich froh, dass wir jetzt alle komplett sind. Ich muss mit euch reden."

„Warum so gereizt?" Aiden verschränkte die Arme. „Du bist befördert, hast den besten Job ergattert. Iceman ist in Washington und wird dich nicht mehr ständig für alles verantwortlich machen. Dazu kommt, dass du jetzt eine Stange Geld verdienst. Du müsstest doch eigentlich hervorragende Laune haben."

„Ich glaube, frische Luft tut uns gut." Anna Hall stand auf und öffnete das Fenster. „Möchtest du einen Kaffee, Alex?"

Alex nickte.

Sie goss ihm eine Tasse voll und reichte sie ihm.

Der Ermittler trank zwei Schlucke und stellte die Tasse ab.

Anthony Lopez sah trotz seines Urlaubes weniger erholt aus. Er rieb sich die Hände. „Warum ist Natalie noch nicht da?"

Alexander pustete seinen Atem lautstark aus. Irgendetwas in ihm schrie ihn an, zu schweigen. Jeder hatte mit Natalie mitgelitten. Wenn sie nun erfahren würden, dass der Albtraum noch viel schlimmer war, als bislang gedacht, würde es zu Unruhen kommen. „Du siehst nicht so aus, als wäre dein Urlaub erholsam gewesen, Anthony?", versuchte er, dem Thema auszuweichen. Er lächelte, was eher gequält aussah.

„Die Kleine bekommt Zähnchen. Das ist alles andere als spaßig." Der hochgewachsene Mann kratzte sich am Kopf.

Alex registrierte, dass Lopez froh war, dass der Urlaub vorbei war, was er jedoch niemals laut zugeben würde. Sein Blick wanderte zu Daniel Mitchell. „Du solltest mal wieder zum Friseur, Mitchell." Sein Haar war noch länger gewachsen. Daniel hatte sie zu einem Pferdeschwanz gebunden.

Anna lachte. „Ich bin echt neidisch auf deinen Haarwuchs. So eine Mähne habe ich mir schon als Kind gewünscht."

Mitchell war das Gespräch unangenehm. Er rutschte auf dem Stuhl hin und her. Schob seine Brille hoch. Sie wirkte auf seinem mageren Gesicht überdimensional groß. Er räusperte sich. „Wo ist denn nun Natalie?", lenkte er von sich ab.

King schlug mit der flachen Hand auf den Tisch. „Also, nun spuck es aus! Was ist los? Es dreht sich doch um Natalie, nicht wahr?"

Alle schauten abwartend auf Alexander.

„In Ordnung. Wie ihr wisst, habe ich Icemans Stelle übernommen. Es wird sich vorerst nichts ändern. Wir bleiben das Team wie vorher. Ich werde mich nicht in einem Zimmer verkriechen und euch rausschicken. Trotzdem werden wir einen neuen Kollegen bekommen. Er wechselt vom SWAT-Team zu uns. Wann er kommt, weiß ich nicht."

„Na, dann schauen wir mal, ob der bei uns Fuß fassen kann", scherzte Aiden.

Niemand lachte.

„Meine Güte, ihr müsst ja wahnsinnige Freude in eurem Urlaub gehabt haben." Aiden fehlte die Empathie zu bemerken, wenn eine Situation ernst war.

Alexander lief zum Fenster, trank drei weitere Schlucke seines Kaffees. Er kreiste mit seinem Zeigefinger über den Tassenrand und starrte in die braune Flüssigkeit, als könne er die Zukunft darin lesen.

Herb stellte sich neben ihn. „Alex hat eine besorgniserregende Entdeckung gemacht." Er schaute seinen Vorgesetzten eindringlich an.

Alexander ging im Zimmer auf und ab. Eine schwarze Haarsträhne fiel ihm ins Gesicht. „Ich brauche eure Hilfe. Es ist nichts Offizielles. Deshalb kann ich niemanden von euch dazu zwingen."

Aiden King setzte sich aufrecht hin. Seine Aufmerksamkeit war gesichert. Er verletzte gern Regeln. Er war einfach ein Bad Boy, zumindest gab er es vor.

„Als ich nach dem Abschluss unseres letzten Falls zu Natalie fahren wollte, fand ich ein leeres Haus vor. Natalie hat keinen Urlaub. Sie ist verschwunden."

Anna Hall, die nicht nur Natalies Kollegin war, sondern auch eine Freundin, starrte Alex entsetzt an. „Was meinst du damit? Du hast gesagt, sie hat sich eine Auszeit genommen."

Alex nickte. „Ich hatte gehofft, dass sie schnell zur Vernunft kommt. Ich kann sie aber nicht erreichen. Sie ruft nicht zurück. Ich habe kein Lebenszeichen von ihr. Ich glaube, dass sie etwas sehr Dummes vorhat."

Die Kollegen starrten ihn irritiert an. In ihren Gesichtsausdrücken las Alex, dass sie ihm nicht folgen konnten.

„Ich habe einen Zettel in Natalies Küche gefunden. Einen Brief von Jacob Bennett. In dem hat er ihr gebeichtet ..." Alex schluckte. Es schien ihm unmöglich, die unvorstellbare Tat auszusprechen. Er ballte die Hände in seiner Hosentasche. „Er war es, der Liam getötet hat. Er hat ihn getötet, weil er eifersüchtig auf die Liebe war, die Natalie ihrem gemeinsamen Sohn geschenkt hat. Dieses dumme Arschloch hat Liam einfach ermordet."

Aus Annas Kehle kroch ein schmerzerfülltes und zugleich fassungsloses Krächzen. Sie schlug ihre Hand vor den Mund. Niemand war imstande, etwas zu erwidern. Niemand hatte damit gerechnet. Alex lief wieder zum Fenster, betrachtete die glitzernden Schneeflocken, die gegen die Fensterscheibe wirbelten.

Herb übernahm das Wort. „Wir müssen Natalie finden. Wir vermuten, dass sie Jacob sucht. Alex hat das Ganze noch nicht gemeldet, um Natalie nicht in Schwierigkeiten zu bringen. Aber lange können wir sie nicht mehr decken."

Aiden war der Erste, der seine Worte wiederfand. „Verfluchte Scheiße. Was ist das für ein gestörter Typ? Ich hoffe, Natalie findet ihn."

„Aiden, hör auf!" Auch wenn Alex seinen Partner verstand, so musste er einen kühlen Kopf bewahren. „Gerade das müssen wir verhindern!" Sich von Gefühlen leiten zu lassen, war ein falscher Ansatz. Genau aus diesem Grund hatte das gesamte Team nicht an dem Fall Jacob Bennett arbeiten dürfen.

King schluckte. „Was glaubst du, wo sie steckt?"

„In New York. Dort, wo Bennett aufgewachsen ist."

„Ich glaube nicht, dass sie ihn dort findet. Er ist zwar ein Kindermörder, aber er ist nicht doof. Seine Ex arbeitet beim FBI. Ihm dürfte klar sein, dass man ihn dort sucht."

„Dein Wort in Gottes Ohren." Alex hoffte es inständig. „In Ordnung, ich kann Natalie nicht mehr lange decken. Nach allem was gewesen war, wird sie endgültig den Job verlieren. Wir müssen also schnell sein, aber es darf nichts anderes darunter leiden. Seid ihr dabei?"

Alle nickten, ohne zu zögern. Keiner im Team würde Natalie hängen lassen. Sie waren eine Familie.

Aiden stand auf. „Ich hoffe, ich bekomme ihn in die Hände."

Alex ignorierte die Worte. „Mitchell, suchst du alles raus, was du zu Jacobs Vergangenheit in New York findest?"

Der technische Analytiker nickte benommen. War jedoch froh, an seinen eigentlichen Arbeitsplatz zu kommen. Die Computer waren sein Zuhause. Er erhob sich, wollte gerade zur Tür gehen, als Alex noch etwas sagte: „Sie ist in einem Ausnahmezustand. Ich weiß, dass sie die letzten Jahre einen Schlag nach dem anderen eingesteckt hat. Aber wir sollten sie daran hindern, sich weiter ins Aus zu schießen."

Das Team nickte.

Alex' Handy klingelte. Er nahm ab und hörte dem Anrufer zu. „Ist das Ihr Ernst?" In seinen Augen spiegelte sich Entsetzen wider. „Schon wieder das Cheslock?" Alex legte auf.

Seine Kollegen warteten auf Informationen.

„Wir haben einen Fall. Natalie muss warten."

6

Seit zwei Stunden saß sie im Auto, beobachtete das Haus in der Meadow-Avenue in Bronxville. Es war noch dunkel. Die idyllische Gemeinde im Westchester County wirkte am frühen Morgen wie ausgestorben. Frische, kalte Luft zog durch den kleinen geöffneten Fensterschlitz, hinderte Natalie daran, einzuschlafen. Ihre Finger waren steif vor Kälte. Sie schlürfte Kaffee aus einem Becher von der Tankstelle. Die Wärme tat gut. Aber ihre Seele taute nicht auf.

Ihre Gedanken wirbelten wild durcheinander.

Seit zwei Wochen hauste sie bei einer gastfreundlichen Familie in einem Zimmer im Keller, um den Spuren ihres Exmannes zu folgen. Weil die Familie von ihrem Beruf als Sonderermittlerin wusste, war sie wie ein Staatsoberhaupt empfangen worden. „Agent Bennett, ich heiße sie herzlich willkommen bei uns." Die Gastmutter hatte sie zur Begrüßung umarmt. Die dreijährige Tochter hatte ihr ein Bild gemalt. Am Abend hatte die Familie ein großes Essen aufgetischt. „Wir haben hier in der Umgebung ganz großartige Sehenswürdigkeiten. Wir können Sie Ihnen gern zeigen", sagte die Frau. Die Enttäuschung stand ihr ins Gesicht geschrieben, als Natalie erklärte, dass sie nur wenig Zeit habe.

Am zweiten Abend lud sie der Gastvater auf ein großes Familienfest ein. „Sie müssen unsere Familie kennenlernen. Mein Vater war auch Polizist. Es wäre ihm eine große Freude, ein bisschen mit einer FBI-Ermittlerin zu plaudern."

„Das ist wirklich ein sehr freundliches Angebot. Doch ich habe schon etwas vor." Natalie war es unangenehm, die Einladung abzulehnen. Doch sie war nicht zum Vergnügen nach Bronxville gekommen.

„Was genau machen Sie eigentlich hier in der Gemeinde? Haben Sie Verwandtschaft oder sind Sie aus beruflichen Gründen hier?"

„Ich besuche einige Bekannte." Zu mehr ließ sich Natalie nicht hinreißen.

Die Frustration der Familie war spürbar. Doch sie gaben irgendwann auf, nachzufragen.

Jeden Tag beschattete sie das weißvertäfelte Einfamilienhaus. Es hatte eine Weile gedauert, bis sie herausgefunden hatte, wo Jacob seine Kindheit verbracht hat. Die Ämter hatten sich auf ihre Schweigepflicht berufen. Doch ein Mitarbeiter des Einwohnermeldeamtes kannte Jacob aus der Schulzeit. Er hatte ihr schlussendlich verraten, wo sich sein früheres Zuhause befand. „Das haben Sie aber nicht von mir", hatte er geflüstert. Natalie hatte ihm zugezwinkert, ihm versprochen zu schweigen. Sie war froh, dass sie ihren Trumpf nicht hatte nutzen müssen: ihren Dienstausweis.

Natalie rieb sich die Hände, die mittlerweile taub waren. Sie blies ihren warmen Atem über die Finger und betrachtete das heruntergekommene Haus. Seit Jacobs Mutter darin verstorben war, hatte es augenscheinlich keine neuen Besitzer gefunden. Die Farbe blätterte von den grauen Fensterläden. Hochgewachsene Buchsbäume verhinderten die Sicht in die unteren Zimmer. Das also war der Ort, an dem Jacob bis zu seinem vierzehnten Lebensjahr von seiner Mutter misshandelt worden war. Das erklärte, was aus ihm geworden war. Aber es machte es für Natalie nicht weniger schlimm. Sie hatte einen Mörder geheiratet, der auch ihren gemeinsamen Sohn getötet hatte. Natalie Bennett hatte gehofft, dass er sich in seinem Elternhaus verstecken würde. Dachte an nichts anderes mehr, seit sie seinen Brief gefunden hatte. Doch er war nicht aufgetaucht.

Er ist doch nicht blöd. Er weiß, dass man ihn hier zuerst suchen würde. Dass SIE ihn hier zuerst suchen würde.

Obwohl Jacob nie erzählt hatte, was in diesem Haus vorgefallen war, spürte Natalie die Kälte, Brutalität und den Hass. Emotionen, die wie Geister in dem Haus umherschwirrten.

Ich habe ihn zu den Engeln geschickt. Die Worte rasten seit Tagen durch ihre Gedanken. Ihr Herz krampfte. Sie ballte die Hände und schlug auf das Armaturenbrett. Wie konnte er so etwas tun? Wie konnte er ihren Sonnenschein töten? Liam. Er war so unschuldig gewesen.

Die Wut auf ihren Exmann war maßlos. Sie würde nicht warten können, bis das FBI in Chicago ihn vielleicht fände. Oder auch nicht fände. Sie hatte beschlossen, allein nach ihm zu suchen.

Und was willst du dann tun? Natalie stiegen Tränen in die Augen. Sie wusste nicht, was sie tun würde. Ihn mit bloßen Händen erwürgen? Sie würde ihren Job verlieren, die Welt der Verbrecher betreten, auf der anderen Seite des Gesetzes leben. Sie schüttelte den Kopf. Wischte sich die Augen trocken. Erinnerungen an eine schöne Zeit bohrten sich den Weg an die Oberfläche. Seine Zärtlichkeit, der liebevolle Umgang mit Liam. Wie hatte sie sich nur so täuschen können?

Sie verließ das Auto wie jeden Morgen. Lief auf das von einer Hecke eingegrenzte Grundstück. Die Dunkelheit bot ihr auch dieses Mal Schutz. Sie lief um das Haus, blickte durch die dreckverschmierten Fenster. Es änderte nichts. Jacob war nicht da. Er war vermutlich nie dort gewesen. Ihr Mut sank. Sie wusste nichts von seinem Leben. Wusste nicht, wo sie ihn noch suchen könnte. Sie stieß bittere Galle auf. Fühlte sich schlapp, weil sie seit Wochen nicht richtig gegessen hatte, geschweige denn geschlafen.

Sie setzte sich zurück in den gemieteten Wagen. Gleich würde es hell werden, dann würde sie nicht mehr herumlaufen können. Die Menschen würden sich fragen, wer sie ist, eventuell die Polizei zum Haus schicken. Sie schaltete ihr Handy ein. Pieptöne kündigten an, dass mehrere Nachrichten eingegangen waren. Der überwiegende Teil würde von Alex sein, da war sie sich sicher. Mit nervösem Kribbeln im Bauch hörte sie die Sprachnachrichten ab. Besorgte Nachrichten. Bettelnde Nachrichten, in denen er sie bat zurückzukommen. Nachrichten mit liebevollem Tonfall, Verständnis beschwichtigende Botschaften, Nachrichten mit strengem Tonfall, und wütende. Sie wusste, dass es mies von ihr war. Alex war ihr bester Freund, der ihr in all der schweren Zeit zur Seite gestanden hatte. Sie brachte ihn mit ihren unüberlegten Aktionen in Teufels Küche. Aber sie wusste, er würde alles tun, damit sie nicht auffliegen würde. Die letzte eingegangene Nachricht ließ sie den Atem anhalten. Die Nummer war ihr nicht bekannt. Sie drückte auf Abspielen.

„Hallo, Frau Bennett. Ich habe Ihre Nachricht erhalten. Ich bin derzeit in Bronxville unterwegs. Wir können uns gern treffen."

Natalies Herz schlug bis zum Hals. Ihr wurde übel. Plötzlich überkam sie Angst. Sollte sie das wirklich tun?

Ein letztes Mal blickte sie auf das Haus. Schloss die Augen, atmete tief ein. Sie wählte die unbekannte Nummer.

7

Schweiß brannte in seinen Augen. Der Junge umgriff sein Handgelenk, schnürte ihm die Blutzufuhr ab, sodass es in seinen Fingern kribbelte. Er zerrte ihn durch den dunklen Wald. Äste peitschten in sein Gesicht. Seine Beine wackelten wie Pudding. „Ich kann nicht mehr."

„Dann bleib hier und warte …" Der Junge zeigte in Richtung des brennenden Hauses. „… bis die dich holen." Von den Flammen konnte man nichts mehr erkennen. „Sie werden dich nicht sonderlich gut behandeln!"

Sein Herz klopfte wild. Es rauschte in seinen Ohren. Er dachte an seine Eltern. Der würzig, frische Tannenduft und der vertraute Geruch feuchter Erde wich dem grässlichen Geruch verbrannten Fleisches. Die Schreie seiner Mutter hallten durch seine Ohren. Er sah, wie sich sein Stiefvater vor Schmerz im Bett wälzte, die Panik in den weit aufgerissenen Augen. Seinen verzweifelten Versuch, Herr über das Feuer zu werden. Er spürte noch immer die glühende Hitze, als sich das Feuer im Schlafzimmer ausbreitete. „Wo wollen wir denn hin?"

„Ich nehme dich mit zu mir. Dort kann ich dich verstecken."

„Warum soll ich mich verstecken?"

Der Junge blieb stehen. Hockte sich vor ihn. Er war um einiges älter. Irgendetwas an ihm löste in Chuck Angst aus. Seine Oberarme waren muskulös. Sein Gesichtsausdruck hatte etwas Böses, aber auch Geheimnisvolles. Sein Mut faszinierte Chuck. Der Junge packte seine Oberarme. „Wie heißt du?"

„Chuck." Tränen liefen ihm die Wangen hinunter.

„Okay, Chuck. Ich bin Jay. Und ich habe dir gerade den Arsch gerettet. Also tu einfach, was ich dir sage. Wir müssen hier weg."

Er hatte keine andere Wahl. Seine Mutter und sein Stiefvater brannten gerade lichterloh in diesem Haus. Seine Großeltern waren längst tot. Wo sollte er sonst hin? Die Polizisten würden ihn in ein Heim stecken. Sein Stiefvater hatte ihm oft erzählt, wie schrecklich es sei, in solch einem Kinderheim groß zu werden. Bei der Erinnerung an diese Schauergeschichten lief es ihm eiskalt den Rücken hinunter. „Dort wirst du es nicht so gut haben, wie hier zu Hause. Du wirst das Wasser vom Boden auflecken. Du wirst für alle der Sklave sein. Sie werden dich quälen. Dort leben nur gestörte Kinder. Kinder, deren Eltern sie nicht haben wollten. Böse Kinder." Zwar war das Leben bei seiner Mutter auch nicht besser, aber es war wenigstens ein Zuhause, seit dem Tod seines leiblichen Vaters.

Chuck nickte, setzte sich wieder in Bewegung. „Jay?"

Der Junge reagierte nicht. Hastete durch den Wald, wie ein getriebenes Tier.

Chuck hatte Mühe, Schritt zu halten.

Als sie an einer Straße ankamen, versteckte sich der Junge hinter einem Baum. Er belauerte ein großes Gebäude aus roten Backsteinen. Es stand auf einem großflächigen, umzäunten Grundstück. Spielzeuge waren über den ganzen Hof verteilt. Ein großes Trampolin stand auf der Wiese vor dem Haus.

Chuck staunte über das riesige Anwesen. Es sah aus, als wäre er in einem Spielparadies angekommen. Seine Mutter und ihr Mann waren arm, konnten sich nicht viel leisten. Man konnte froh sein, wenn am Ende eines Monats noch etwas Essbares im Kühlschrank stand. Er hatte nie viele Spielsachen besessen. Ein Holzauto, das ihm sein Opa geschnitzt hatte. Einen Plüschhasen, den er zur Geburt bekommen hatte. Und einen abgewetzten Ball, mit dem er irgendwann nicht mehr spielen konnte. Wenn er noch einmal dagegen getreten hätte, wäre er auseinandergefallen. Chuck wurde trübselig. Sein Zuhause dürfte mittlerweile niedergebrannt sein, mitsamt seinen Spielsachen. „Wohnst du dort?"

Jay legte seinen Zeigefinger auf seine Lippen. Sein Blick verfinsterte sich. „Ja, aber wir müssen leise sein." Er flüsterte, aber Chuck konnte den Ärger heraushören. „Ich darf mich um die Uhrzeit nicht mehr draußen herumtreiben."

„Ihr habt aber ein großes Haus." Fasziniert betrachtete der Junge das Bauwerk.

Jay beobachtete seinen kleinen Begleiter eindringlich, runzelte die Stirn. „Wie alt bist du?"

„Zwölf."

„Warst du noch nie hier in der Gegend?"

Er schüttelte den Kopf, behielt aber für sich, dass er nie allein von zu Hause wegdurfte. Er wollte nicht, dass Jay dachte, er wäre ein Feigling. Jay war so mutig, dass er sich sogar von Zuhause rausschlich. Er gefiel ihm immer mehr. So einen Bruder hatte er sich gewünscht. Einen, der ihn beschützen konnte.

„Du bist ganz schön dünn. Hast du Hunger?"

Chuck nickte hastig. Wie auf Kommando knurrte sein Magen.

„Okay, wir schleichen uns jetzt da rein." Jay zeigte auf das große Backsteinhaus. „Du folgst mir. Ich kann dich da drin verstecken. Dann bringe ich dir was zu essen." Er stand auf und rannte über die Straße.

Zögerlich folgte ihm Chuck. Er hatte Angst, erwischt zu werden. Dann würden Jays Eltern ihn ganz sicher der Polizei übergeben. Schlussendlich würden die ihn in ein Heim stecken. Jay huschte an der Hecke entlang. Plötzlich verschwand er durch ein Loch. Chuck überlegte, einfach wegzurennen. Doch Jay hatte ihm etwas zu essen versprochen. Er hielt sich den knurrenden Magen. Dann kroch er ebenfalls durch die defekte Stelle am Zaun. Mit dem Bein blieb er an einem Stück Draht hängen. Panisch, als wäre der Zaun ein Tier, das nach ihm schnappen würde, riss er sein Bein aus der Umklammerung des Drahtes. Die Hose riss auf. Und mit ihr das darunterliegende Fleisch. Der brennende Schmerz zog durch den ganzen Körper. Beinahe hätte er losgeschrien, doch Jay hielt schnell die Hand auf seinen Mund. Tränen schossen in seine Augen.

„Meine Güte, bist du eine Heulsuse. Flennst du immer so schnell?"

Chuck schüttelte den Kopf.

„Komm, weiter. Ich kann dich drinnen verarzten. Vielleicht hätte ich dich lieber nicht mitgenommen. Du bringst uns noch beide in eine missliche Lage."

Chuck wusste nicht, was das bedeutete. Er wollte nicht fragen. Zu groß war die Angst, dass der große Junge noch wütender werden würde. Außerdem wollte er sich nicht noch einmal vor ihm blamieren. Er wollte ihm gefallen.

Sie liefen, von der Dunkelheit geschützt, am äußersten Rand des Grundstücks Richtung Haus. Chucks Herz blieb fast stehen, als das Licht am Eingang anging. Ein Mann trat auf die große Steintreppe. Jay sprang hinter einen Busch, zog Chuck mit sich. Beide atmeten schwer. Chuck schloss die Augen, betete, dass der Mann sie nicht entdeckt hatte. Dann hörte er eine Frauenstimme. „Stimmt etwas nicht?"

Der Mann überblickte das große Grundstück. Er stand mit einem weinroten Bademantel auf der Treppe, rührte sich kaum. Nur der Kopf bewegte sich etwas hin und her. „Ich dachte, ich hätte etwas gehört. Aber es war anscheinend nur ein Tier. Sie können wieder schlafen gehen. Ich lege mich auch wieder hin."

Es dauerte eine gefühlte Ewigkeit, bis wieder alle Lichter erloschen waren. Jay verharrte noch eine Weile hinter dem Busch.

Chuck fragte sich, warum Jays Vater seine Mutter siezte. „Warum redet dein Vater so komisch mit deiner Mutter?"

Irritiert schaute Jay den kleinen Jungen an. „Das war nicht meine Mutter." Aus seinen Augen sprühte etwas, das Chuck Angst machte. Er wagte nicht, noch weiter zu bohren. Die Situation behagte ihm nicht. Die Unruhe verstärkte sich, je näher sie dem Eingang kamen. Jay lauschte an der geschlossenen Eingangstür, ehe er den Schlüssel ins Schloss schob.

Im Inneren streckten sich große weiß verzierte Säulen empor. An den unteren Wandleisten waren Lichter angebracht, die den Raum gerade so beleuchteten, dass man im Dunkeln den Weg erkennen konnte. Der Eingangsbereich war riesig. Chuck schaute nach oben auf die hohen Decken. Er bekam seinen Mund vor lauter Staunen nicht mehr zu. Das Haus erinnerte eher an ein öffentliches Gebäude als an den Flur eines normalen Wohnhauses.

Chucks Atmung wurde schneller. Er fühlte sich unwohl. Versuchte, sich einzureden, dass Jays Eltern sehr reich waren, und dass ein großes Haus auch seine Vorteile hatte. So konnte sein neuer Freund ihn wenigstens verstecken, ohne dass es jemand bemerken würde. Die Unruhe blieb. Bevor Jay ihn die Treppen hinunterführen konnte, blieb Chuck vor dem großen Eingangsschild stehen. Plötzlich konnte er seine Unruhe erklären. Die Schrift war mit bunter Farbe gemalt worden. In Kinderhandschrift stand geschrieben: Herzlich willkommen im Kinderheim „Rainbow". Handabdrücke in unterschiedlichen Größen und Farben zierten das Bild.

Kinderheim. Das Wort schallte durch seinen Kopf. Chuck drehte sich um, rannte zur Tür. *Nein! Nein! Nein! Ich werde nicht hierbleiben!*

Noch ehe er die Türklinke greifen konnte, packte ihn Jay am Kragen. Er hielt ihm den Mund so fest zu, dass er kaum Luft bekam.

8

„Das darf nicht wahr sein. Nicht schon wieder." Kim wischte sich über das Gesicht. „Wie kann denn schon wieder ein Kind aus dem Cheslock verschwinden?"

Nicole saß blass am Tisch, knetete ihre Hände. „Die Augen."

Kim runzelte die Stirn, auch die anderen schauten skeptisch.

„Bitte, Nicole, wir haben gerade andere Probleme", schimpfte Kim. „Wer hat Marc heute Nacht versorgt?"

„Es bringt jetzt nichts, irgendwelche Schuldigen zu suchen. Er war beim letzten Rundgang noch da. Es war die Hölle los heute Nacht. Ein Kind wurde nach einem schweren Unfall eingeliefert. Als wir heute Morgen nachgeschaut haben, war er nicht mehr da."

Nicole schluckte. „Es waren diese Augen."

„Hör jetzt verdammt nochmal mit diesen Augen auf." Kim sprang auf. „Was sagt denn die Polizei? Was ist mit den Eltern? Ist er vielleicht abgehauen? Nach Hause? Er hatte doch immer schreckliches Heimweh."

„Haben wir natürlich alles überprüft. Die Eltern sind geschockt."

„Ja, das wäre ich auch. Was wird jetzt unternommen?"

„Die Polizei hat das FBI benachrichtigt. Sie sind unterwegs."

„Meine Güte, dieses Krankenhaus ist ein einziges Horrorhaus." Kim schlug sich mit der Hand gegen die Stirn.

Nicole schüttelte den Kopf. Traute sich nichts mehr zu sagen. Marc war zwölf Jahre alt. Nach einem Sturz aus einigen Metern Höhe hatte er eine Hirnblutung erlitten. Lange hatten die Ärzte um sein Leben gekämpft. Er war auf dem Weg der Besserung und sollte bald auf eine Normalstation verlegt werden. Er war ein freundlicher Junge, aufgeschlossen, ein bisschen wild. Nicole schweifte mit ihren Gedanken ab. Sie hörte zwar, wie Kim die Fassung verlor, doch sie hörte nicht mehr, was sie sagte.

9

5. Januar 2017
Bronxville, New York

„Hallo, Howard, ich bin Natalie Bennett."

Natalie stand vor dem übergewichtigen Mann in dem gemütlichen Café in der Pondfield-Road. Den Anblick seiner Gesäßfalte, die aus der viel zu engen Hose ragte, würde sie nicht so schnell vergessen können.

Der Mann betrachtete sie voller Ehrfurcht. Sein ocker-farbiges Hemd war schweißnass, an seinen Mundwinkeln hing Sirup. Er griff nach der Serviette und wischte sich den Mund ab. Er räusperte sich, versuchte aufzustehen, doch es klappte erst beim dritten Versuch. Natalie verzichtete darauf, seine blaubeerbeschmierte Hand anzunehmen.

Howard zog die Hand zurück und wischte sie an seiner Hose ab. „Natalie, bitte setzen Sie sich doch."

Natalie setzte sich dem Mann gegenüber. Ihr Blick schweifte durch das Café. Sie mochte das nostalgische Flair. Der Besitzer schien wehmütig auf seine Vergangen-heit zurückzublicken. Die Wände hingen voll mit alten, Schwarz-Weiß-Bildern. Überall grinsten Jungs unterschiedlichen Alters frech in die Kamera. Sie umarmten sich, spielten Fußball oder aßen Eis. Unverkennbar war es tiefe Freundschaft, die sie über Jahre hinweg verband.

„Sie hatten wirklich Glück …", Howard Brighton schob sich ein weiteres Stück Pancake in den Mund, „…dass ich immer noch dieselbe Nummer habe, die meiner Eltern." Natalie hatte die Nummer in Jacobs altem Jahrgangsbuch gefunden.

„Vielen Dank, dass Sie sich die Zeit genommen haben."

„Für die Frau meines Freundes doch immer. Ich habe schon lange gehofft, Sie einmal kennenzulernen. Ist etwas mit Jacob?"

Natalie betrachtete seine Gesichtszüge, versuchte, in ihnen zu lesen. Wenn er gewusst hätte, wo sich ihr Exmann aufhielt, wäre er ein guter Schauspieler. Doch Natalie ließ sich nicht beirren. Sie kannte Menschen, die andere aus Gefälligkeit decken würden. „Exmann. Jacob und ich sind geschieden."

Der fettleibige Mann starrte sie an. Das zumindest hatte er nicht gewusst. „Oh, das tut mir leid. Aber, …"

„Ich suche ihn."

„Wen?"

„Jacob. Ich weiß, dass er sich hier irgendwo versteckt."

Howard schluckte den Rest seines Pancakes hinunter. Es sah gequält aus. Als würde er Nadeln hinunterschlucken. Sein Blick war starr auf sie gerichtet. Natalie wurde schlecht, als sie ihn kauen sah. Teile des Pfannkuchens fielen aus seinem Mund.

Er schmatzte. „Versteckt?"

„Ja, er ist aus Chicago geflohen."

Howard gab das Essen auf. Legte die Gabel zur Seite, trank einen Schluck seiner Cola. Er faltete die Hände vor seinem massigen Oberkörper.

Seine Mimik sprach Bände. „Und Sie glauben, ich kann Ihnen helfen?" Er war enttäuscht. Hatte gehofft, dass sie gekommen war, um Jacobs Freund kennenzulernen.

„Er hat hier sonst niemanden mehr." Das war geraten, doch Natalie ließ es so aussehen, als wüsste sie über das Leben von Jacob vor ihrer Zeit bestens Bescheid.

„Ich habe keine Ahnung, wo Jacob steckt. Ich habe ihn seit Jahren nicht mehr gesehen."

Natalie schwieg.

Howard senkte den Blick, nestelte mit seiner dreckigen Serviette. „Warum suchen Sie nach ihm?"

„Er hat Kinder getötet." Die Worte schossen aus ihrem Mund, scharf und eiskalt. Als hätten sie darauf gewartet, losgelassen zu werden.

„Jacob?" Howard verfiel in einen Hustenanfall, spuckte Reste des zerkauten Pancakes über den Tisch. „Kinder getötet?" Seine Gesichtsfarbe nahm an Röte zu. „Niemals. Dazu wäre er nicht fähig."

Natalie saß seelenruhig auf dem Stuhl gegenüber. Das rechte Bein hatte sie über das linke geschlagen. „Das FBI in Chicago sucht nach ihm." Sie zupfte an ihrer Jeans. „Man macht sich strafbar, wenn man einem Kriminellen auf der Flucht hilft."

„Passen Sie auf, Natalie." Die Augen des Mannes wurden groß. „Ich habe damit nichts am Hut. Ich höre das zum ersten Mal." Er schaute sich nach den anderen Gästen

um. „Aber sind sie sicher, dass sie sich nicht irren?"
Seine poltrige Stimme wechselte zu einem jämmerlich
wirkenden Flüsterton. „Jacob ist Kinderarzt. Er liebt
Kinder."

„Wir haben Zeugen, die an der Tat beteiligt waren.
Wir haben ausreichende Beweise." Natalie lehnte sich
zurück und verschränkte die Arme. „Jacob Bennett ist
ein Mörder."

Der gewichtige Mann sank auf dem Stuhl zusammen.

Natalie war sicher, dass dieser Mann seine Reaktion
nicht spielte.

„Sie haben das nicht gewusst, stimmt's?"

„Nein!", sagte er etwas zu laut.

Die Gäste im Café drehten sich zu Howard.

Er räusperte sich. „Natürlich nicht." Sprach dann etwas leiser. „Und ich kann es immer noch nicht glauben."

Natalie musterte ihn eindringlich. „Sie sollten ihn
nicht decken."

„Ich weiß wirklich nicht, wo er ist." Er angelte hektisch nach einer neuen Serviette. „Ich gebe zu, er hat
sich vor ein paar Monaten bei mir gemeldet. Er wollte
vorbeikommen, bei mir wohnen." Er wischte sich den
Schweiß von der Stirn. „Ich war beruflich unterwegs.
Ich habe ihn gefragt, warum er nicht in seinem Elternhaus wohnt, solange ich weg bin." Entschuldigend hob
er Hände und Schultern. „Doch dann habe ich nichts
mehr von ihm gehört."

„Waren Sie dort?"

„Wo?"

„In seinem Elternhaus."

„Ja, natürlich. Ich hätte mich gefreut, ihn zu sehen."

„Aber?"

„Es war alles verriegelt." Er senkte den Blick. „Sah nicht so aus, als sei er je dort gewesen."

„Hat sie das nicht verwundert?"

„Eigentlich nicht. Es war die Hölle dort für ihn gewesen. Er hat damals geschworen, nie wieder in dieses Haus zurückzukehren."

„Was können Sie mir alles zu Jacob sagen? Was war er für ein Mensch?"

„Müssten Sie das als seine Exfrau, nicht besser wissen?"

„Es scheint viel mehr hinter dem Jungen Jacob Bennett zu stecken, als ich jemals von dem Mann Jacob Bennett kennengelernt habe." Natalies Stimme bebte. „Ich will einfach nur verstehen. Können Sie sich das vorstellen?" Mit feuchten Augen hielt sie dem Blick ihres Gegenübers stand.

„Er war ein guter Mensch. Er hatte eine schlimme Kindheit. Seine Mutter hat ihn gehasst. Sein Vater ist früh gestorben. Von da an ging es bergab. Ich glaube, er wurde nie geliebt."

„Wen kann ich noch fragen, wo er sich aufhalten könnte?"

„Er ist nicht in Bronxville." Der Mann schüttelte den Kopf. „Er hätte sich mit mir getroffen, das weiß ich."

„Wie kommen Sie darauf?"

„Er ist immer mit Problemen zu mir gekommen."

„Auch nachdem er die Kinder ermordet hat?"

Er blickte in seinen Schoß. „Nein, damit nicht." Schüttelte den Kopf. „Und ich bin auch froh darüber." Er fuhr sich nervös durch die Haare. „Warum hat er das getan?"

„Das möchte ich auch gern wissen."

„Suchen Sie ihn als Exfrau?"

Natalie errötete.

„Oder als FBI-Agentin?"

„Kennen Sie einen Ort, an dem er sich verstecken könnte?"

„Nein. Als er mit 18 Jahren aus dem Kinderheim kam, hat er studiert und ist nach Chicago gezogen."

„Und Sie hatten keinen Kontakt mehr?"

„Ab diesem Zeitpunkt beschränkte sich unser Kontakt auf das Telefon."

„Haben Sie eine Nummer von ihm? Wo Sie ihn erreichen können?" Natalie wurde müde.

„Bedauerlicherweise nicht." Der Mann schüttelte den Kopf. „Seit ein paar Monaten ist das Handy aus, von dem ich die Nummer hatte." Er fasste sich an die Stirn und hielt den Kopf, als wäre dieser mit dem neuen Wissen unsagbar schwer geworden. „Ich habe aber auch nicht nach seiner neuen Nummer gefragt, als er sich bei mir gemeldet hatte." Er konnte dem Blick von Natalie nicht standhalten.

Die Ermittlerin atmete geräuschvoll aus. Seit Wochen suchte sie verzweifelt nach Antworten. Antworten über die Taten des Mannes, den sie einst geliebt hatte. „Es scheint fast so, als hätte er in Bronxville nie existiert." Natalie ignorierte das Vibrieren ihres Handys.

Howard Brighton zuckte mit den Schultern.

„In Ordnung." Natalie erhob sich. „Sie haben meine Nummer. Wenn Ihnen noch etwas einfällt oder Sie etwas erfahren, dann melden Sie sich bitte."

„Sollten Sie das Fahnden nicht der Polizei überlassen?"

Natalie hielt inne. Zögernd setzte sie sich noch einmal zurück auf den Stuhl. „Ich BIN die Polizei."

„Ach, kommen Sie, Sie sind allein hier." Sein bisher empörtes Gesicht wirkte nun sicherer. „Ich weiß, wie das läuft. Als Ehefrau dürfen Sie gar nicht an dem Fall arbeiten."

Die Ermittlerin schluckte. „Exfrau."

„Sie suchen privat nach ihm." Der Mann musterte sie eindringlich. „Warum?"

Howard hatte unmissverständlich klargemacht, dass er eine hohe Meinung von Jacob hatte. Die Kindermorde erschütterten ihn. Die restliche Wahrheit würde sein Bild ganz zerstören.

Natalie flüsterte: „Er hat auch unseren gemeinsamen Sohn getötet."

Howards Kinnlade hing nach unten und Natalie erkannte sein Herz in der Halsschlagader pulsieren.

Sie stand auf. Wortlos ließ sie ihn mit seinen Gedanken zurück.

Wieder vibrierte Natalies Handy. Sie zog es aus der Gesäßtasche. Alex' Name blinkte im Display. Sie registrierte, dass er ihr bereits eine Nachricht auf der Mailbox hinterlassen hatte und warf einen letzten Blick auf das Hintergrundfoto ihres Mobiltelefons. Liam. Sie steckte es zurück in die Hosentasche, ohne die Nachricht abzuhören.

Ich werde ihn finden! Ich schwöre, er wird für das, was er getan hat, büßen.

10

Jay schwitzte nicht mal, als er Chuck hinter sich herzog. Die Hand auf Chucks Mund gepresst, schleifte er ihn die Treppe hinunter. Chuck ließ sich hängen, damit er für den Jungen schwerer wurde. Doch dem bereitete es keinerlei Mühe. Er stellte Chuck rücklings an die feuchte Wand. Die rechte Hand auf dem Mund gepresst, die linke umklammerte Chucks Kehle. Der Zwölfjährige spürte, wie die Kälte unter sein T-Shirt zog.

„Ich nehme jetzt die Hand von deinem Mund", sprach er mit gedämpfter Stimme neben seinem Gesicht, als könne ein Fremder zuhören. „Wenn du schreist, zerdrücke ich dir die Kehle. Verstanden?"

Mit aufgerissenen Augen starrte Chuck den großen Jungen an. Er wagte nicht zu protestieren.

Jay nahm seine Hand von dem Mund des Jungen. Die linke ließ den Hals nicht los. „Was ist dein scheiß Problem? Warum hast du versucht abzuhauen? Willst du, dass die uns erwischen?"

„Ich will …", Chucks Augen füllten sich mit Tränen. „Das ist ein Kinderheim", flüsterte er.

„Meinst du, ich bin blöd? Warum machst du so ein Theater?"

„Ich will …", das Sprechen fiel ihm schwer, weil der Druck am Kehlkopf schmerzhaft war. „… in kein Heim."

„Ich verstecke dich doch nur hier." Jay war zornig. „Entschuldigen Sie bitte, der Herr, dass ich Ihnen keine Luxusvilla mit vergoldetem Spielzimmer bieten kann." Er trat gegen die Wand. Etwas von dem maroden Putz bröckelte ab. „Ich weiß, dass ein Kinderheim nicht gerade das schönste Zuhause ist. Aber du kannst gern gehen." Er drückte noch einmal etwas kräftiger zu. „Und auf der Straße schlafen." Den Griff daraufhin lösend. „Irgendwann werden sie dich sowieso erwischen", zischte er.

Chuck wusste, dass Jay recht hatte. Er hatte keine Alternativen. „Ich will in keinem Kinderheim leben. Meine Eltern haben gesagt, es ist schrecklich dort."

„Ach, so schlimm ist es gar nicht." Jay ließ von ihm ab und setzte sich auf den Boden. „Ich bin froh, hier zu sein."

Chuck tat es ihm gleich. Er war müde. Zögernd schaute er sich um. Der Raum roch feucht. Obwohl man es draußen vor Hitze nur schwer aushalten konnte, war es in dem Raum eiskalt. In der Ecke stand ein Klappbett, das schon sehr alt wirkte. Darauf lag eine dreckverschmierte Matratze. „Soll ich dort schlafen?" Er zeigte auf das Bett.

Jay nickte. „Du musst leise sein. Ich bringe dir gleich etwas zu essen, eine warme Decke und Trinken." Er zeigte auf eine Tür, die ein anderes Zimmer vom Keller trennte. „Da drin ist die Toilette. Dort kannst du dich auch waschen. Wenn du hörst, dass jemand kommt, versteckst du dich. Erst wenn ich rufe, kommst du raus."

Chuck nickte. Erneut füllten sich seine Augen mit Tränen. Er schaute sich skeptisch um. Ein brennender

Schmerz schoss ihm ins Bein. Er strich darüber und zog eine schmerzerfüllte Grimasse.

„Zeig mal her!" Jay begutachtete die Wunde. „Sieht übel aus." Dann erhob er sich. „Bin gleich zurück." Er rannte die Treppen rauf. Oben angekommen drehte er sich noch einmal um. „Ich bringe auch Verbandszeug mit."

Chuck erhob sich. Misstrauisch schlich er durch den Raum. Viel war nicht zu erkennen. Es war dunkel. Kein Ort zum Wohlfühlen. Aber besser als von den strengen Heimleitern in die Mangel genommen zu werden. Jay opferte sich für ihn, würde sich sicherlich um ihn kümmern. In seiner ausweglosen Situation könnte ihm nichts Besseres passieren.

Chuck inspizierte die Toilette. Es stank bestialisch nach altem Urin. Ein fauliger Geruch stieg in seine Nase. Er musste würgen. Vorsichtig tastete er sich an der Wand entlang und fand einen Lichtschalter. Beim Andrücken flackerte eine kleine Glühbirne, die tief von der Decke herunterhing. Es dauerte ein paar Minuten, bis das Licht dauerhaft angesprungen war. Die Lampe brummte. An der Wand verbreitete sich überall Schimmel. Mit einem wasserfesten Stift stand James loves George über der Toilettenspülung. Chuck wunderte sich, dass es sich um zwei Jungennamen handelte.

Sein Unterleib krampfte. Er musste dringend pinkeln. Unentschlossen wippte er mit den Beinen. Er zog seine schwarze Jeans hinunter und öffnete den Toilettendeckel. Übelkeit stieg in ihm empor, als er den stuhlbeschmierten Rand sah. Er würgte. Mit angehaltener Luft stellte er

Der Jeansstoff klebte an der Wunde. Blut sickerte daraus hervor, als er den Stoff abzog. Chuck erstarrte beim Blick auf die klaffende Schnittwunde. Die weiße Socke war in Blut getränkt. Der gesamte Unterschenkel blutbeschmiert.

„Das wird schon wieder."

Chuck stopfte sich eine Scheibe Brot in den Mund, um sich von dem Schmerz abzulenken. Gleichzeitig riss er die Chipstüte auf. Abwechselnd schob er sich die Nahrung in den Mund. Er schlang, bis er Schluckauf bekam. „Danke, Jay". Man konnte ihn kaum verstehen.

„Schon okay." Jay legte eine Kompresse über die Verletzung und wickelte einen Verband darum.

„Wie alt bist du?", fragte Chuck.

„Sechzehn." Jay kratzte sich die Stirn und musterte den hageren Jungen.

Als Chuck es bemerkte, hörte er auf zu kauen. Der Blick machte ihm Angst. Die Augen von Jay strahlten eine Boshaftigkeit aus, die ihm das Blut in den Adern gefrieren ließ. „Warum schaust du mich so an?"

Jay grinste. „Du faszinierst mich. Hat es dir ... gefallen?"

„Was hat mir gefallen?"

„Sie so ... zu sehen. So hilflos, schmerzerfüllt. Wie ihre Körper schmolzen." Jay rieb sich die Hände. „Komm, erzähl es mir!"

Chuck ließ das restliche Brot fallen. „Nein, ich möchte das nicht!" Er presste sich die Hände auf die Ohren, kniff die Augen zusammen.

„Wie hat es gerochen?"

Chuck warf seinen Kopf hin und her. Plötzlich wurde ihm übel. Er rannte zur Toilette und übergab sich. Der Druck in seinem Magen ließ nicht nach. Er atmete tief ein. Bilder seiner Eltern jagten durch seinen Kopf. Wieder und wieder sah er ihre Grimassen. Wie sich ihre Körperglieder verkrampften. Warum wollte Jay so etwas wissen?

„Ich habe sie gehört. Die Schreie. Sie haben gefleht. Waren es deine Eltern?"

Chuck nickte.

„Was hast du gemacht? Hast du sie gesehen?"

Wieder antwortete er nur mit einem Nicken. Sein Gesicht versteckte er in seinen Händen. Am liebsten hätte er alles einfach vergessen. Doch er wusste, er würde diese Bilder nie wieder aus seinem Kopf bekommen.

„Nun sag schon, was hast du gemacht, als sie brannten?"

„Ich habe mich gerettet." Chuck fing an zu schluchzen. „Ich bin rausgerannt."

„Ich hätte gern zugeschaut, wie die Körper von den Flammen verschlungen wurden." Jays Blick schweifte ab in die Ferne, obwohl es in dem dunklen Keller keine Ferne gab. „Mich fasziniert der Tod." Jay stand auf, ging zur Treppe und ließ Chuck mit offenstehendem Mund zurück. Bevor er hochstieg, drehte er sich noch einmal zu Chuck. Das höhnische Grinsen fraß sich in Chucks Gedächtnis. Eine eisige Kälte umhüllte ihn. Ließ das Blut in den Adern gefrieren. Noch eben war er sich sicher, einen Freund gefunden zu haben. Doch nun war da ein Gefühl. Ein Gefühl, das ihn warnte.

„Ich werde mich um dich kümmern, Chuck. Herzlich willkommen in deiner persönlichen Hölle!"

11

Alexander raste über die Interstate. Sein Herz schlug bis zum Hals. „Es ist unmöglich, dass schon wieder ein Kind aus dem Cheslock verschwunden ist."

Herb schnaufte.

Alex beäugte ihn argwöhnisch. „Meine Güte, du bist aber aus der Puste. Wir sind doch nur vom Büro zum Auto gerannt."

Herb holte tief Luft. „Die haben …", er atmete abermals angestrengt, „…doch damals … die Sicherheitsvorkehrungen drastisch erhöht."

Alexander schwieg.

„Wie kann das schon wieder passieren?"

„Es ist erst drei Monate her, als die zwei Kinder aus der Klinik entführt wurden."

„Dieses gestörte Elternpaar kann es nicht wieder gewesen sein. Die sitzen im Knast."

Alex nickte. Er setzte den Blinker.

„Vielleicht ist es ein Trittbrettfahrer."

Alex riss das Lenkrad energisch herum, als er sich in die Kurve legte. Die Reifen quietschten und drehten auf der feuchten Straße durch.

Herb stieß mit dem Kopf gegen die Seitenscheibe. „Du meinst, einer der sich an der Angst der Menschen aufgeilt?" Er rieb sich den Kopf.

„Zum Beispiel. Der Fall von Chloe und Calvin ging in der Presse rauf und runter."

„Vielleicht hat auch jemand noch eine offene Rechnung mit der Klinik?"

Alexander schlug auf die Hupe, als ein PKW vor ihm einscherte und seinen Kotflügel nur knapp verfehlte. „Glaubst du, dann würde er so einen Aufwand betreiben?"

„Du weißt doch selbst am besten, zu was die Menschen fähig sind." Herbs Atmung hatte sich beruhigt.

Alexander starrte auf die Straße. In der letzten Sekunde bemerkte er die rote Ampel und trat auf die Bremse.

Herb flog nach vorn. „Mensch, Alex, willst du mir heute den Schädel zertrümmern?"

„Entschuldige. Ich bin so sehr in Gedanken vertieft, dass ich mich schlecht konzentrieren kann. Dieser Albtraum nimmt irgendwie kein Ende."

„Wir finden diesen Jungen."

„Mmh." Alex erwiderte nichts mehr.

Herb betrachtete ihn von der Seite. „Und wir werden auch Natalie finden."

Alex rang sich ein müdes Lächeln ab. „Dein Wort in Gottes Ohren." Er seufzte. „Ich hoffe, du behältst Recht."

Alexander parkte den Wagen an der Seite des Kinderkrankenhaus in der East-Chicago-Avenue. Die Ermittler eilten in die Klinik.

„Agent Johnson …", wie erwartet hatte sich die Presse bereits vor dem Brunnen der Klinik verteilt, „… können

Sie uns schon etwas zu dem vermissten Jungen sagen?" Ein Reporter hielt ihm das Mikrofon unter die Nase. Es fehlte nicht viel, dann hätte er es ihm in den Mund gestopft.

Alex schlug das Mikro weg und bahnte sich den Weg zum Eingang.

„Agent, glauben Sie, das Verschwinden hängt mit dem Fall von damals zusammen?"

„Wie wollen Sie weiter fortfahren? Wird es wieder so lange dauern, bis Sie eine Spur finden?"

Alex' Gesicht glühte. In der Hosentasche ballte er seine Hand. Hinter sich hörte er jemanden seinen Namen rufen.

Ein älterer Herr rannte auf ihn zu. „Agent Johnson, bitte warten Sie auf mich!" Alexander verdrehte die Augen und versuchte, ihn zu ignorieren.

Der Mann hastete ihm hinterher, stellte sich vor ihn und streckte ihm aufgeregt die Hand entgegen.

Alexander brauchte einen Moment, bis er endlich erkannte, um wen es sich handelte. „Mr. Thompson. Sie haben sich verändert." Der Chefarzt der Kinderklinik hatte in den letzten Monaten immens an Gewicht verloren. Alexander schlussfolgerte, dass der letzte Entführungsfall gehörig an seinen Nerven gezehrt hatte.

„Ich bin untröstlich, dass Sie schon wieder in unserem Haus ermitteln müssen." Der Arzt war gealtert. Sein Gesicht gezeichnet von Sorgenfalten. „Das wird das Ende sein. Die Klinik wird sich niemals mehr von diesem Ruf erholen."

„Nun beruhigen Sie sich erst einmal. Es muss nicht heißen, dass es sich hier wieder um eine Entführung handelt. Begleiten Sie mich auf die Station?"

„Selbstverständlich. Sie werden Marc doch finden, oder? Sie haben auch die anderen Kinder gerettet. Und letzten Monat, dieses kleine Mädchen. Das haben Sie auch rechtzeitig gefunden."

Alexander schluckte. Die letzten Kinder konnten von seinem Team gerettet werden. Doch Alex wusste, dass ein Fall nicht immer so glimpflich ausging. Er konnte nicht jedes Opfer retten. „Wir wollen erst einmal nicht vom Schlimmsten ausgehen."

Herb war schweigsam. Schleppend folgte er den beiden. Auf seiner Stirn standen Schweißperlen.

„Alles in Ordnung, Herb?"

Herb Harris nickte. „Mein Blutdruck ist wohl etwas gestiegen. Ich bin nicht mehr der Jüngste."

Alexander erkannte, dass Herb eine Ausrede erfand, um von seinem eigentlichen Problem abzulenken.

Sie stiegen in den Fahrstuhl.

Mr. Thompson rieb sich das Kinn, bis es rot war. „Ich kann das einfach nicht glauben. Warum passiert das immer in unserem Haus?"

„Mr. Thompson, ich frage Sie nur aus Neugier. Diese Schwester Olivia Collister, sie war nicht zufällig hier?"

Mit weit aufgerissenen Augen starrte der Chefarzt den Ermittler an. „Sie meinen, sie könnte dahinterstecken?"

„Ich sagte, es ist reine Neugier."

„Sie hätte schon ein Motiv", mischte sich Herb ein. „Die ganze Sache von damals. Es hat sie zerstört. Rache als Motiv?"

„Nein, das glaube ich nicht." Der Chefarzt schüttelte den Kopf. „Die Anschuldigungen damals, dass sie die

Kinder entführt hat, die waren falsch." Als würde ihm das beim Denken helfen, legte er den Finger an seine Nase. „Und sie war am Boden zerstört. Sie hat sich davon nie wieder erholt. Sie befindet sich ja auch noch immer in der Psychiatrie."

Herb runzelte die Stirn. „Können Sie sich da sicher sein?"

„Ich kann dort anrufen. Ein guter Freund ist dort der Chefarzt."

„Nur um auf Nummer sicher zu gehen. Was ist mit Jacob Bennett?"

Der Chefarzt hustete. „Dem traue ich das eher zu. Aber nein, ich habe ihn seit damals nie wieder gesehen. Ich hoffe, Sie schnappen den Mistkerl. Er hat nicht wenig dazu beigetragen, den Ruf der Klinik zu zerstören."

Alexander schwieg. Er wünschte sich nichts sehnlicher, als Jacob Bennett zu verhaften. Ein Druck im Magen meldete sich bei dem Gedanken, dass Natalie ihn vielleicht schon gefunden haben könnte.

Die Sonderermittler betraten die Kinderintensivstation. Auf dem Flur herrschte reges Durcheinander. Eine Krankenschwester redete mit Händen auf ein Elternpaar ein. Die rot geschwollenen und nassen Augen der Frau verrieten, dass es sich um die Mutter des vermissten Kindes handeln musste.

Alexander verschaffte sich einen kurzen Überblick, ging dann auf die Eltern zu. „Guten Tag, Agent Johnson. FBI."

Der Vater nickte. „Ich weiß, wer Sie sind. Sie werden meinen Sohn doch finden, nicht wahr?"

„Wir werden alles in unserer Macht Stehende versuchen, Marc zu finden. Wir müssen kurz ein paar Befragungen durchführen, um uns zu orientieren. Sie haben zu Hause geschaut, ob sich ihr Sohn dort aufhält?"

„Selbstverständlich. Er ist nicht dort."

„Großeltern? Freunde?" Alexander kam es vor, als hätte er ein Déjà-vu. Die gleichen Fragen hatte er den Eltern vor drei Monaten gestellt.

„Alles abgefragt. Er ist nirgendwo."

„In Ordnung. Bitte haben Sie noch ein wenig Geduld. Ich möchte mit den Krankenschwestern sprechen, die Ihren Sohn betreut haben. Meine Kollegen sind bereits unterwegs und suchen nach Marc."

Die Mutter schluchzte laut. Sie stand wackelig auf dem Flur. Ihr Ehemann legte einen Arm um ihre Hüfte, um sie zu stützen. Behutsam setzte er sie auf einen Stuhl. Der flehende Blick des Vaters zerriss Alex beinahe das Herz.

Die Sonderermittler wandten sich an die Stationsleitung, die sie in einen Aufenthaltsraum brachte. An dem eckigen Holztisch saßen fünf Krankenschwestern. Drei von ihnen sahen aus, als hätten sie die Nacht durchgemacht.

„Mein Name ist Alexander Johnson vom Federal Bureau of Investigation. Ich möchte mit den Kolleginnen sprechen, die heute Nacht anwesend waren." Er erkannte an den müden Augen, um welche drei es sich handelte. Eine zierliche Krankenschwester erhob sich. Sie maß höchstens einen Meter sechzig und sprach mit einem Akzent.

„Ich bin gewesen zuständig." Sie schluchzte, schlug sich die Hand vor den Mund. „Ich nicht wissen, was passiert." Ihre Augen füllten sich mit Tränen.

Eine weitere Kollegin, die neben der kleinen Frau wie eine Riesin wirkte, stellte sich neben sie und strich ihr über den Rücken. „Keiner gibt dir die Schuld. Wir haben alle nicht bemerkt, wie er aus der Klinik verschwunden ist."

Alexander wollte nicht in der Haut der Krankenschwester stecken. Auch wenn sie nicht für das Verschwinden verantwortlich war, es würde ewig auf ihr lasten. Die Eltern brauchten einen Schuldigen. Und sie hatte nun mal die Aufsichtspflicht gehabt. „Wann haben Sie Marc das letzte Mal gesehen?"

„In Mitternacht. Ich haben Medikamente gebracht. Der Jungen hat geschlafen. Ich haben nach einer halben Stunde Infusion angehangen."

„Das war dann das letzte Mal? Haben Sie noch einmal nachts in sein Zimmer geschaut?"

„Ja, ich wollten Blutdruck messen. Da lag er nicht mehr in Bett." Sie setzte sich auf einen Stuhl. Ihr Gesicht war kreidebleich. Die andere Kollegin übernahm das Wort.

„Wir haben mit einem Mal einen Schrei über den Flur schallen gehört. Sie kam ganz aufgeregt aus dem Zimmer gerannt und hat geschrien, dass Marc weg ist." Die große Pflegerin schüttelte den Kopf, als könne sie so das Geschehene unwirklich werden lassen. „Wir haben die ganze Station nach ihm abgesucht. Doch er war nirgends aufzufinden. Dann haben wir das Wachpersonal informiert."

„War noch jemand auf der Station. Jemand der hier nicht hingehörte?"

„Wir haben niemanden bemerkt. Tagsüber ist die Station geschlossen und Angehörige können nur hinein, wenn sie klingeln. Aber nachts lassen wir sie offen." Sie senkte bedrückt den Blick zu Boden. „Es kommt meist keiner mehr."

„Warum wird die Station nachts nicht geschlossen?" Alex bereute die Frage, da sie wie ein Vorwurf klang.

„Die Klinikleitung hat das so beschlossen. Damit die Kinder nachts schlafen können und nicht durch das Klingeln wach werden."

Alexanders Blick wanderte zu der Krankenschwester, die mit gefalteten Händen am Tisch saß. Ihr Oberkörper wippte vor und zurück. Sie schien mit den Gedanken woanders zu sein. Alexander setzte sich vor sie. „Waren Sie auch in der Nacht im Dienst?"

Die Krankenschwester antwortete nicht. Dafür eine andere. „Nein, Nicole ist erst mit mir zum Dienst am Mittag gekommen." Sie streckte ihm die Hand hin. „Mein Name ist Kim."

„Warum ist sie so zerstreut?"

„Ich kann es Ihnen nicht sagen. Sie ist so merkwürdig, seit wir diese geschmacklose Skulptur neben dem Eingang gefunden haben. Vielleicht nimmt es sie auch mit, dass Marc verschwunden ist. Sie kam vor ein paar Monaten aus Deutschland zu uns, da war die Entführung der beiden Kinder gerade hochaktuell."

„Was meinen Sie für eine Skulptur?"

„Ach, am Seiteneingang hat jemand eine Figur hingestellt. Es sieht aus wie ein Kind, dem der Mund zugehalten wird. Es ist entsetzlich. Schreckliche Kunst. Ich habe es bereits der Klinikleitung gemeldet."

Alexander ließ die Worte durch seinen Kopf gehen. Ein ungutes Gefühl breitete sich in seinem Körper aus. Wie eine Hitzewelle wallte es durch seinen Körper.

Nicole Krämer räusperte sich. Ihre Augen waren starr auf den Tisch gerichtet. „Es sind seine Augen!"

12

Das Kinderheim nahm den größten Teil der Straße ein. Es stand inmitten einer Reihe aus Wohnhäusern, wirkte jedoch völlig deplatziert. Es passte nicht in das Bild der gepflegten Einfamilienhäuser, die nach außen die heile Welt einer sich liebenden Familie ausstrahlten. Natalie betrachtete das damalige Zuhause ihres Exmannes. Obwohl dieses Haus seit Jahren Kindern ein Zuhause schenkte, erweckte es in ihr einen trostlosen Eindruck.

Natalie Bennett öffnete das Tor. Das Quietschen untermalte das Schaurige. Sie drückte auf die Klingel, die aussah wie der Kopf eines Löwen. Der Gong erinnerte an die Türklingel aus einem Horrorfilm. Nun fehlte nur noch, dass sich die Tür von allein, quietschend öffnete und Natalie in ein dunkles, staubiges Loch sehen konnte. Es dauerte nicht lange, bis ein älterer Herr öffnete.

„Einen wunderschönen guten Tag, junge Frau." Der Greis lächelte freundlich.

„Guten Tag." Natalie betrachtete das in die Jahre gekommene Haus. Düster, gespenstisch und kalt waren die Worte, die Natalie für dessen Beschreibung einfielen.

„Herzlich willkommen. Was kann ich für Sie tun?"

Kein Kindergeschrei, kein fröhliches Lachen, keine spielenden Kinder. Die Stille erschauderte Natalie.

Um seine Augen zeichneten sich dunkle Ränder ab. „Möchten Sie ein Kind adoptieren?" Seine krumme Körperhaltung machte es unmöglich, ihn längere Zeit anzublicken.

„Nein, ich möchte mit Ihnen über einen alten Fall sprechen." Sie würde ihm nicht sagen, dass sie hoffte, dass ihr keines der dort lebenden Kinder über den Weg laufen wird. Denn dann hätte sie ein Gesicht vor Augen und sie könnte keine Distanz mehr wahren und würde sicherlich jedes der armen Geschöpfe dort adoptieren. „Es geht um einen Jungen, der vor vielen Jahren hier einmal gelebt hat."

„Ich weiß nicht…", der weißhaarige Mann zwirbelte seinen Vollbart, runzelte die Stirn, „Ich darf über solche Sachen keine Auskünfte geben."

„Ich weiß." Das hatte Natalie geahnt. „Es ist nur …", sie hatte sich bereits die passenden Worte zurechtgelegt, „ich suche meinen Mann." Ihr Gesicht verwandelte sich in ein Trauerspiel. „Er ist seit Monaten spurlos verschwunden." Sie hoffte, dass es nicht zu gespielt aussah. „Ich hatte gehofft, ihn zu finden …", die feuchten Augen spielte sie nicht vor, nur spiegelten sie nicht die Sorge wider, die der Mann annahm, „… wenn ich mich auf die Spur seiner Vergangenheit begebe." Es waren Tränen der Wut.

„Das hört sich nicht gut an." Der Alte sah sie mitleidig an. „Nun kommen Sie erst einmal hinein." Er drehte sich um. „Ich koche Ihnen einen Tee, Kindchen. Und dann erzählen Sie mir alles in Ruhe."

Natalie folgte ihm ins Haus und verdrehte hinter seinem Rücken die Augen. Sie hatte keine Lust auf einen freundlichen Smalltalk. Sie wollte einfach nur diesen Versager von Exmann finden. Als der Mann sich zu ihr drehte, setzte sie wieder eine traurige Miene auf.

„Setzen Sie sich hier in den Aufenthaltsraum. Ich lasse uns einen Tee bringen."

„Wäre auch ein Kaffee möglich? Ich bin sehr erschöpft."

„Natürlich." Er schmunzelte. „So sehen Sie auch aus. Verzeihen Sie, wenn das unhöflich klingt."

Sein Lächeln wärmte ihr Herz. Das schlechte Gewissen nagte an ihr. Sie würde seine Gutmütigkeit ausnutzen, das hatte er nicht verdient. Das Vibrieren ihres Handys holte sie aus den Gedanken. Sie ignorierte es.

„Sie können ruhig drangehen."

„Das ist unwichtig." Der Blick der Ermittlerin wanderte durch das Zimmer. „Entscheidend ist, meinen Mann zu finden." An der Wand hingen Fotos von Kindergruppen, die bis in das Jahr 1945 zurückreichten. Natalie vermutete, dass es alles ehemalige Heimkinder waren. Sie suchte nach dem Jahr, in dem Jacob in das Heim gekommen war, konnte ihn aus der Distanz jedoch nicht finden.

Der Mann setzte sich zu ihr an den Tisch, nachdem er in der Küche einen Kaffee und einen Tee bestellt hatte. Das Hinsetzen fiel ihm schwer. Er stützte sich auf dem Tisch ab, um auf dem Stuhl Platz zu nehmen. „Wie heißt Ihr Mann?"

„Jacob Bennett. Kennen Sie ihn?"

Eine tiefe Furche bildete sich auf der Stirn des alten Mannes. „Aber, das ist doch …", irritiert schaute er in ihre Augen, „Er stand in der Zeitung. Die ganze Welt hat über ihn gesprochen."

Natalies Herz hörte für einen kurzen Moment auf zu schlagen. *Scheiße, Scheiße, Scheiße.* Er hatte von den Kindermorden und Entführungen im Cheslock gelesen.

„Sie suchen einen … Mörder?"

„Ich muss wissen …", sie stockte, darauf war sie nicht vorbereitet. „… ob er das wirklich getan hat. Ich glaube nicht, dass er zu so etwas fähig war."

Der Alte stützte sein Kinn auf der Hand ab. „Natürlich ist das nicht leicht zu begreifen." Er musterte die Ermittlerin, schien abzuwägen, ob sie ehrlich war. „Meinen Sie, das FBI hat sich so getäuscht?"

Natalie wusste die Antwort. Doch er wusste nicht, dass sie beim FBI arbeitete. „Bitte, ich habe nur ein paar Fragen."

Eine übergewichtige ältere Frau in weißer Schürze und weißer Kopfhaube brachte die Getränke. Sie nickte dem Mann kurz zu und verschwand wieder.

„Nun, wie ich dem FBI bereits gesagt habe, als die hier aufgetaucht sind, viel kann ich nicht sagen."

Natalies Herz schlug kräftiger. Das FBI war bereits vor Ort gewesen. Sie kam sich töricht vor. Natürlich verfolgten sie die gleiche Spur. Natürlich war dem Mann Jacob Bennett ein Begriff. Natalie sah ihre Felle davonschwimmen. Mit Lügen würde sie nicht weiterkommen. Sie senkte den Blick auf den Kaffee und schwieg.

„Ich erinnere mich an Jacob." Der Alte rührte mit einem Löffel in seinem Tee, obwohl er ihn nicht gesüßt hatte. „Ich hatte gerade hier angefangen, als er zu uns kam." Er stand auf, stellte sich ans Fenster, beobachtete, wie die Schneeflocken vor dem Fenster tanzten. „Er war vierzehn. In seinen Augen war nichts als Traurigkeit. Ich hatte noch nie solche bekümmerten, mutlosen Augen gesehen." Der Greis seufzte. „Es hat mir das Herz gebrochen."

Natalies Augen füllten sich mit Tränen.

„Die ersten Monate hat er kaum gesprochen, kaum gegessen. Seine Wunden, die ihm seine eigene Mutter zugefügt hatte, heilten langsam ab. Doch seine Seele war zerstört."

„Waren Sie sein Erzieher?"

„Nein, ich bin Psychologe." Er drehte sich zu Natalie um. „Ich bin längst im Rentenalter, doch ich bewohne seit Jahren eine Wohnung hier im Haus. Ich möchte nicht mehr weg. Es ist mein Zuhause. Und ich mag die Arbeit mit den Kindern. Noch heute kommen sie mit ihren Sorgen zu mir." Der Mann lächelte, schwelgte in Erinnerungen.

„Hat Jacob mit Ihnen über seine Mutter gesprochen?"

„Hat er es denn mit Ihnen?"

Natalie schüttelte den Kopf. Wieder einmal wurde ihr bewusst, dass sie Jacob eigentlich nie richtig kennengelernt hatte.

„Er hat auch mit mir nicht viel darüber gesprochen. Es war schwer, überhaupt etwas aus ihm herauszukriegen. Meist sprach er von seinem Vater. Er hatte den einzigen Menschen verloren, von dem er geliebt wurde."

„Glauben Sie, dass er wegen seiner Mutter so geworden ist?"

„Sie denken also doch, dass er diese Kinder ermordet hat?"

Natalie errötete, senkte ihren Blick.

„Mich wundert es ehrlich gesagt nicht", fuhr der Mann fort, ohne auf eine Antwort zu warten. „Als ich davon las, habe ich den kleinen Jacob wiedergesehen, wie er größer wurde." Er setzte sich wieder zu ihr. „Seine Geschichte hat ihn ohne Frage verändert." Der Psychologe hob die Tasse an, um daraus zu trinken. Seine Hand zitterte und Tee schwappte aus. Er wischte ihn mit dem Ärmel auf. „Ich bin ein Tollpatsch."

„Inwiefern hat es ihn verändert?"

„Da gab es einige Dinge. Andere Kinder hat er ignoriert. Er war einfach kalt. Es hatte den Anschein, als würde er keinerlei Emotionen in sich tragen. Er war nicht wie andere in seinem Alter. Seine Seele war erfroren. Das wäre meines Erachtens schon ein Zeichen, dass er zum Morden fähig ist."

„Sie meinen also, dass sich der Hass der Mutter auf ihn übertragen haben könnte? Er deshalb Kinder nicht mag?"

„Das wäre eine Möglichkeit."

„Laut den Mittätern wurden die Kinder nicht aus Hass getötet. Es sollte ihre gequälten Seelen heilen. Die Ärzte sind sich einig: Sie haben etwas Gutes getan."

„Das wäre eine andere Möglichkeit. Die menschliche Seele ist unergründlich. Man weiß nicht, was wirklich in Menschen vorgeht, die traumatisiert sind."

Bei diesen Worten blickte er ihr so tief in die Augen, dass sich Natalie nicht sicher war, ob er noch von Jacob sprach. „Wie … ging es weiter?"

„Er hat die Kurve bekommen. Irgendwann hörte er auf sich zu verkriechen. Wir dachten alle, jetzt hat er es geschafft, hat sein dunkles Kapitel hinter sich gelassen. Er war ein Musterschüler geworden. Und den Rest wissen Sie. Er hat studiert. Ist Arzt geworden. Ich war unheimlich stolz auf ihn." Bei diesen Worten strahlten seine Augen, dann senkte er den Blick. „Ich habe wohl nicht erkannt, welches Ausmaß das Verbrechen seiner Mutter auf ihn nehmen würde."

Natalie konnte ihre Tränen nicht mehr aufhalten. Sie brauchte eine kurze Pause. Ihr Blick schweifte wieder durchs Zimmer. Bis auf die Bilder an der Wand war alles in Grau und Weiß gehalten. Risse in den Wänden und abgerissene Tapeten verrieten das Alter des Gebäudes. Auf den Holztischen waren unzählige Namen eingeritzt. Natalie zeichnete die Buchstaben mit dem Zeigefinger nach. Vielleicht hätte sie die Morde an den Kindern im Cheslock irgendwann nachvollziehen können. Vielleicht hatte er aufgrund seiner Kindheit einen so tiefen psychischen Schaden genommen, dass er fest davon überzeugt war, dass es richtig war, die Kinder von ihren Qualen zu befreien. Doch Liams Tod war nicht nachvollziehbar. Ihren gemeinsamen Sohn aus Eifersucht zu töten, hatte nichts damit zu tun, eine Kinderseele zu retten. Was hatte er geglaubt? Dass Natalie ihn nach dem Tod Liams mehr lieben könnte? Sie hielt sich die Hände vors Gesicht, schluchzte.

„Es ist schwer zu verstehen." Der Greis beugte sich über den Tisch und tätschelte ihr die Hand. „Dass es seine Mutter war, die ihn so kaputt gemacht hat, ist kein Trost oder keine Entschuldigung." Mit schmerzerfülltem Blick, als täte ihm jeder Knochen seines Körpers weh, stand er auf. „Aber vielleicht lässt es Sie irgendwann verstehen."

Im Hintergrund hörte sie plötzlich Kinderstimmen wild durcheinander schreien.

„Es ist Pause. Die Kinder kommen jetzt zum Essen. Es tut mir leid, aber ich muss Sie nun hinausbitten."

„Noch eine Frage. Darf ich mir sein altes Zimmer ansehen?"

Der Alte runzelte die Stirn. „Was soll Ihnen das bringen? Das Zimmer ist zwischenzeitlich von vielen anderen Kindern bezogen worden."

„Ich würde gern … Ich weiß, es hört sich komisch an, doch … ich würde ihm gern nah sein." Natalie legte einen wehleidigen Blick auf. „Verstehen Sie?"

Der Alte musterte Natalie.

Ihr Gesichtsausdruck wirkte nun eher flehend. „Bitte!"

„Wissen Sie …", der Alte kratzte sich am Kopf, „Ich denke, ich weiß einen Ort, an dem Sie ihm noch viel näher sein können."

Sie schwieg. Wartete auf seinen Vorschlag. Ihr fiel derzeit sowieso nichts Besseres ein, um auf Jacobs Spuren zu gelangen.

„Jacob hatte sich immer an einen bestimmten Ort zurückgezogen, wenn ihm alles zu viel wurde. Eigentlich hielt er sich mehr dort auf als hier im Haus."

Natalie nickte, als verstünde sie, wovon er sprach.

„Nehmen Sie den Hinterausgang zum Garten. Ganz am Ende ist eine kleine heruntergekommene Hütte. Dort hat er sich immer verkrochen."

„Vielen Dank."

Der Alte nickte. „Versprechen Sie sich nicht zu viel. Es ist nur eine Hütte. Wir haben darin geschaut. Da ist nichts."

Natalie erhob sich. Dann fiel ihr noch eine Frage ein. „Wissen Sie, wo er sich aufhalten könnte? Hatte er irgendeine Bezugsperson in Bronxville oder Umgebung, bei der er sich verstecken könnte?"

„Nein, er war sehr einsam. Er hatte nur einen Freund. Howard hieß er. Wo der abgeblieben ist, kann ich Ihnen nicht sagen. Es tut mir leid, aber ich kann Ihnen nicht weiterhelfen."

Sie reichte dem Mann die Hand. Ihre Traurigkeit war nun nicht mehr gespielt. Doch sie war nicht traurig über das, was Jacob als Kind widerfahren war, sondern sie war deprimiert, weil sie noch immer nicht wusste, wo sie nach ihm suchen sollte.

„So hart das klingen mag. Schließen Sie damit ab. Sie werden nie erfahren, was ihn wirklich zu dieser Tat getrieben hat."

Doch, ich werde es aus ihm herauskriegen, dachte sie. „Vielen Dank. Ich weiß Ihre Hilfe zu schätzen." Sie verließ das Zimmer.

Beim Hinaustreten aus der Küche wurde sie fast von einer Schar Kinder umgerannt. Sie lachten, sahen nicht aus, als wären sie unglücklich. Doch wenn Natalie eins gelernt hatte: dass man nie hinter den Menschen schauen konnte. Vielleicht schlummerte in einem der Kinder ein Mörder.

Als sie in die kalte Winterluft trat, hatte sie das Gefühl, wieder atmen zu können. Sie sog den Duft von Essensgerüchen auf. Es erinnerte sie an die Schulzeit, die Mittagspause. Sie stapfte durch die weiße Schneedecke. Ihre Fußabdrücke waren die einzigen auf der Fläche. Nach einigen Metern erkannte sie die Hütte an einem kleinen Hügel. Ihr Herz schlug bis zum Hals, obwohl sie wusste, dass Jacob sie dort nicht herzlich begrüßen würde. Doch sie spürte seine Nähe. Je näher sie der Hütte kam, umso mehr zog sich die Schlinge um ihren Hals zu. Mit der rechten Fußspitze stieß sie gegen die Tür. Quietschend öffnete sich diese. Natalie blickte in ein leeres Zimmer. Die Wände waren mit Holz verkleidet. Vorsichtig schlich sie in den Raum. Er roch muffig. Ihre Augen wanderten in jede Ecke. Dort hatte sich Jacob als Kind verkrochen. Was wollte er in der Hütte? Natalie fragte sich, ob er schon früher solche Fantasien gehabt hatte, einen Menschen zu töten? Natalie lief an der Wand entlang. Ihr Finger strich über das staubige Holz. Durch das Fenster schienen die Sonnenstrahlen hinein, ließen die Staubflocken sichtbar tanzen. Der Kloß in Natalies Hals wuchs. Sie hatte versagt. Sie würde ihn niemals finden. Was hatte sie sich nur gedacht? In ihr tobte ein Sturm. Eine Welle der Wut wallte in ihr auf. Wut auf Jacob. Wut auf das FBI. Wut auf sich selbst. Mit einem markerschütternden Schrei trat sie gegen die Holzvertäfelung. Etwas zu heftig. Der Wutschrei wandelte sich in einen kläglichen Schmerzensschrei.

Holzstücke rieselten zu Boden. Natalie hockte sich auf den Boden, hielt sich den schmerzenden Fuß und schluchzte. Ihre Enttäuschung stieg ins Unermessliche. Warum war sie so frustriert? War nicht von Anfang an klar, dass sie hier nichts finden würde? Nach einigen Minuten beruhigte sie sich und stand auf, um die Hütte zu verlassen. Beim Hinausgehen warf sie einen letzten Blick in den leeren Raum, auf den Schaden, den sie an den Holzpaneelen angerichtet hatte. Plötzlich begann ihr Herz zu stolpern. War da ein Hohlraum hinter den abgesplitterten Holzstücken? Ein merkwürdiges Gefühl kribbelte in ihrer Bauchgegend. Sie untersuchte die brüchige Stelle, brach größere Stücken heraus, bis sie in den Hohlraum sehen konnte. Ein tiefes Loch. Sie legte sich auf den Boden, um hineinzuschauen. Am hinteren Ende des Loches war etwas versteckt. Sie griff hinein und zog es heraus. Mit zitternden Händen starrte sie auf ein in Leder gekleidetes Heft. Durch ihre Tränen verschwammen die Buchstaben. „Tagebuch von Jacob Bennett."

Sie hockte sich auf den staubigen Boden und öffnete die erste Seite. In Sekundenschnelle versank sie in seine Geschichte. Vergaß alles um sich herum. Seine Beschreibungen waren so bildhaft, dass Natalie jede einzelne Szene vor Augen hatte. Ein eiskalter Schauer rann ihr über den Rücken. Das erste Mal hielt sie etwas in der Hand, das zeigte, wie Jacobs Kindheit wirklich war.

„Haben Sie etwas gefunden?" Der Alte schaute in das Zimmer. Natalie erschrak und versteckte das Tagebuch hinter ihrem Rücken. Hatte er es in ihrer Hand gesehen?

Sie räusperte sich. „Nein, Sie hatten vollkommen recht. Ich weiß nicht, was in mich gefahren ist. Ich sollte Sie jetzt nicht länger aufhalten."

„Passen Sie gut auf sich auf, Mädchen." Der Greis wandte sich zum Gehen.

Natalie atmete tief aus. Sie folgte ihm über das Grundstück. Als sie am Auto ankam, beruhigte sich ihr Herzschlag. Ihr Handy vibrierte in der Tasche. Sie setzte sich erschöpft auf den Fahrersitz, klammerte sich ans Lenkrad. „Ich werde dich jagen! Ich werde dich so lange jagen, bis ich dich gefunden habe, Jacob Bennett!" Sie klappte die Sonnenblende hinunter, schaute in den kleinen Spiegel. Unter ihren Augen zeichneten sich dunkle Ränder ab, ihre Wangen waren eingefallen. Sie sah aus wie ein Geist. Vor ihr lag das Tagebuch von Jacob Bennett. Eine imaginäre Kraft hielt sie davon ab, darin weiterzulesen. Ein Piepsen bestätigte den Eingang einer Nachricht auf der Mailbox. Sie hievte sich hoch, zog das Handy aus der Gesäßtasche und hörte ihre Nachrichten ab. Die Nachricht war von Howard.

Hallo Natalie. Nun ... wie soll ich sagen. Er hat sich bei mir gemeldet. Er fragte, ob wir uns treffen können. Ich habe zugesagt, wollte die Adresse haben. Aber ich habe eigentlich nicht die Absicht, dort hinzufahren. Er sagte, er sei bei einem Freund untergekommen. Vielleicht versuchen Sie es dort. Ich schicke Ihnen die Adresse. Aber bitte seien Sie vorsichtig. Wenn Sie wollen, kann ich Sie auch begleiten.

Natalies Herz schlug bis zum Hals. Eine neue Chance. Sie tippte die Adresse in ihr Navigationssystem. Sollte sie Howard mitnehmen? Sie verwarf den Gedanken. Es stand nicht fest, dass sie Jacob wirklich dort finden würde. Und noch wichtiger: Sie brauchte keine Zuschauer.

Das Auto parkte sie in der Kraft-Avenue an der Straßenseite. Es war Mittagszeit. Die Straße war belebt. Schüler einer Schule, die wenige Meter von dem Haus entfernt stand, lungerten in den Ecken, rauchten heimlich ihre Zigaretten oder knutschten. Natalie hatte direkten Blick auf das mit grauen Holzpaneelen verkleidete Haus. Der Garten schien gepflegt, doch das Haus wirkte trostlos und verlassen. Keine Gardinen oder Pflanzen an den Fenstern. Der weiße Zaun am Eingangsbereich hatte seine schönsten Zeiten hinter sich, drohte bei der kleinsten Berührung zusammenzufallen.

Natalie rutschte im Sitz nach unten. Ihr Herz blieb fast stehen, als sich die Tür des Hauses öffnete. Noch ehe sie einen Blick auf denjenigen, der sich hinter der Tür befand, erhaschen konnte, wurde die Tür wieder geschlossen. Adrenalin pumpte durch ihren Körper. Sie atmete tief ein, versuchte, sich zu beruhigen. Kurz überlegte sie, was sie tun würde, wenn Jacob Bennett plötzlich vor ihr stünde. Verstörende Bilder schossen ihr durch den Kopf. Bilder, die ihre Wut weiter entflammten. Bilder, die zeigten, zu was sie fähig wäre. Das Schlimmste daran war, dass sie ihn ohne zu zögern erwürgen könnte, ohne Skrupel, voller Hass. Natalie hatte immer Verständnis für Eltern gehabt, die Selbstjustiz verübt hatten. An Tätern, die sich das Recht genommen hatten, ihre Kinder zu töten. Auch wenn Selbstjustiz falsch war, in diesem Moment übernahmen Wut, Trauer und Schmerz das Kommando ihres Körpers.

Als ein Mann mit einer Tüte eines Schnellrestaurants vorbeigelaufen war, öffnete sich die Tür erneut. Natalie rutschte im Sitz weiter nach unten. Ihr Gesicht vergrub sie in den blauen Seidenschal, der einst ihrer Mutter gehörte. Ein Mann trat auf die Treppe, schaute sich um wie ein gehetztes Tier. Vollbart und Sonnenbrille verdeckten das Gesicht, obwohl nicht ein Sonnenstrahl zu sehen war. Natalie hatte keinen Zweifel. Es war Jacob Bennett. Der Gang, der Körper. In ihrem Magen drückte es. Am liebsten wäre sie sofort aus dem Auto gesprungen, um endlich das zu verüben, wonach sie sich sehnte. Rache. Sie schaute sich um. Zu viele Häuser reihten sich aneinander. Zu viele Zeugen auf der Straße. Sie wartete einen Moment, dann folgte sie ihm.

13

„Von was spricht sie?", fragte Alexander.

„Ich weiß es nicht", antwortete Kim. „Sie redet so komisch, seit wir diese Skulptur gesehen haben. Sie sah so echt aus. Vielleicht hat sie der Anblick geschockt."

„Ich möchte mir die Figur anschauen." Er drehte sich zu Herb, der gedankenverloren aus dem Fenster starrte. „Herb?"

„Ja?"

„Kommst du mit?"

Herb räusperte sich. „Mmh. Natürlich."

Nicole Krämer erhob sich träge vom Stuhl. „Ich bin ganz sicher. Ich sehe sie genau vor mir. Es sind seine Augen. Die hellblauen, strahlenden Augen. Er hat immer so geguckt, wenn er Panik hatte."

Alexander und Herb warfen sich einen Blick zu. „Sie reden von Marc?"

Nicole nickte. Ihre Augen waren feucht.

Kim schlug sich die Hand vor den Mund. „Um Gotteswillen. Sie hat recht." Sie rannte über die Station. An den Fahrstühlen haute sie mehrfach auf die Knöpfe, entschied sich dann doch für die Treppe. Sie hetzte zwei Stufen mit einmal nehmend hinunter. Alex und Herb folgten ihr gleichen Schrittes. Am Seiteneingang hatten sich vier Männer versammelt, die die Skulptur musterten. Sie trugen schwarze Anzüge.

„Agent Johnson, FBI." Alexander zeigte den Männern seinen Ausweis. „Was ist hier los?"

„Mein Name ist Hope. Ich bin von der Klinikverwaltung. Sehen Sie sich nur diese Sauerei an. So etwas kann man doch nicht vor eine Kinderklinik stellen."

Alexander und Herb starrten auf die Figur. Das puppenhafte Gesicht glänzte. Auf den ersten Blick sah es aus wie eine Wachspuppe. Der Blick, diese Augen. Sie waren weit aufgerissen, starrten die Ermittler panisch an. Alex gefror das Blut in den Adern.

„Heilige Scheiße", entfuhr es Herb. „Das ist nicht wahr, oder?"

Alexander Johnson schluckte. Er bemerkte nicht, dass sich Nicole hinter ihm anschlich. „Gütiger Himmel", flüsterte sie. „Ich habe es gewusst."

„Herb, ruf die Spurensicherung!"

Der Klinikverwalter runzelte die Stirn. „Was ist denn los? Was soll das ganze Theater bedeuten?"

„Bitte treten Sie alle ein Stück zurück. Das ist ein Tatort."

Das Kinn des Verwalters klappte nach unten. Kim drehte sich um und erbrach in die Büsche. Nicole hielt sich den Mund zu.

Alexander untersuchte die Figur. Bei genauerem Betrachten erkannte er hinter den Ohren zwei Nähte. Es sah aus, als ob das Gesicht zusammengesteckt worden war. Über dem Mund hing eine Hand, die abrupt am Handgelenk endete. Sie bestand aus Gips und hielt der Figur den Mund zu, als wolle jemand ein Kind zum Schweigen bringen. Der restliche Körper steckte in Kinderkleidung. Die Figur war auf einen Pfahl drapiert. Alexander wurde übel. Er zog Handschuhe aus seiner Gesäßtasche und stülpte sie über. Mit dem rechten Zeigefinger fuhr er über die Naht. Auf der Höhe des Ohrläppchens gab es einen Knopf. Alex prüfte die andere Seite, die genauso aussah. Gleichzeitig drückte er die Knöpfe. Es klickte, dann sprangen die Nähte auf. Dem Ermittler raste abwechselnd Hitze und Kälte durch den Körper. Auf seiner Stirn sammelten sich Schweißperlen.

Herb beobachtete das Geschehen regungslos.

„Es ist Marc, nicht wahr?", fragte Nicole.

Alexander antwortete nicht. Obwohl er die Leere in den Augen des Kindes sah, legte er seinen Zeige- und Mittelfinger an den Hals. Mit geschlossenen Augen hoffte er, ein winziges Pochen der Halsschlagader festzustellen. Es pulsierte nichts mehr.

„Herb, sorg dafür, dass die Kollegen niemanden von der Presse durchlassen. Ich möchte später kein Foto des Kindes in der Zeitung sehen." Alexander atmete tief ein. Für einen Moment schloss er seine Augen. Wünschte sich an einen friedlichen Ort, fernab von Tod, Gewalt und Trauer. Er hatte schon so viel gesehen. Doch das war kaum zu verdauen.

„Agent Johnson?" Der Chefarzt hatte sich zu Alex gestellt. „Was hat das zu bedeuten?"

„Mr. Thompson …" Alex mochte gar nicht aussprechen, welches perverse Verbrechen dort passiert war. „Ich bitte Sie, sich zu den anderen zu stellen."

Der Chefarzt schnappte kurz nach Luft.

Alex Blick ließ kein Aber zu. „Es handelt sich um einen Tatort." Er zog die Maske, die sich anfühlte wie Wachs, von dem Gesicht. Hinter ihm raunte, schrie und stöhnte es in verschiedenen Tonlagen, als das bleiche Gesicht eines minderjährigen Jungens zum Vorschein kam. Alexander schaute zu Nicole Krämer. Sie nickte. Es bedurfte keiner weiteren Worte.

Herb stellte sich sprachlos neben Alex. Sein Atem ging schnell.

Alexander legte die Maske, an deren Mund die Hand hing, behutsam auf den Boden.

„Was ist das für eine kranke Scheiße?", fragte Herb, ohne den Blick von dem Kind zu nehmen. „Wie sollen wir das den Eltern beibringen?"

In diesem Moment schrie es hinter ihnen. Die Eltern standen hinter der Absperrung. Aus ihrer Position konnten sie nicht erkennen, was die Ermittler gerade gefunden hatten. Doch der elterliche Instinkt hatte ihnen längst gesagt, dass etwas nicht stimmen konnte. Alex kannte dieses Gefühl. Als sein Patensohn Liam als verschwunden erklärt wurde, hatte ihm sein Gefühl gesagt, dass er nicht mehr am Leben war. Nur die Hoffnung hatte den Glauben an ein gutes Ende aufrechterhalten. Alex schluckte seine Übelkeit hinunter. „Es sieht aus, als wäre er auf einem Pfahl aufgespießt. Wie eine Vogelscheuche."

Nach einigen Minuten fuhr ein Auto vor. Simmerman. Der Gerichtsmediziner hievte sich aus dem Wagen. Seine Haare standen in alle Richtungen. Widerwillig nickte er Herb zu. Entschlossen reichte er Alex die Hand und wies mit einer Kopfbewegung in Herbs Richtung. „Du hast wieder deinen vorlauten Köter dabei?"

Im letzten Fall hatte sich Herb wie ein Trottel benommen, als er mit niveaulosen Witzen versuchte, dem Mediziner Paroli zu bieten. Dieses Mal schwieg er.

Irritiert fuhr Simmerman fort, als niemand auf seinen Spruch einging. „Also, was kann ich dieses Mal für euch tun?"

„Zwölfjähriger Junge, Marc Bown. Seit der Nacht vermisst. Er lag auf der Kinderintensivstation als Patient, wurde gegen 24 Uhr das letzte Mal gesehen."

Der Gerichtsmediziner verzog die Mundwinkel. „Und jetzt hat man ihn hier gefunden."

Alex zeigte auf den Boden. „Ich habe diese Maske abgenommen."

Der Arzt runzelte die Stirn. „Man hat ein Kunstwerk daraus gemacht."

Herb schnaubte. „Kunstwerk? Das ist krank."

Simmerman bedachte Herb mit einem abfälligen Blick. Dann musterte er das Gesicht des Jungen. Kollegen der Spurensicherung fotografierten die Leiche, ehe er ihm die Kleidung auszog. An dem Rücken des Jungen war ein dicker Pfahl befestigt. „Sieht aus, als wurde er dort angenagelt."

Alexander schüttelte fassungslos den Kopf. „Kannst du schon sagen, wie er gestorben ist?"

Der Gerichtsmediziner tippte sich mit dem Zeigefinger an das Kinn. Er hockte sich hin und begutachtete die Maske. Dann erhob er sich wieder und schaute dem Kind ins Gesicht. „Wenn ich mir die Maske anschaue, vermute ich, dass er erstickt sein könnte. Die Nase hat keine Löcher. Es waren nur die Augen des Kindes zu sehen. Dafür sprechen auch die kleinen punktförmigen Hauteinblutungen. Es gibt auch Einblutungen im Augenweiß. Allerdings könnte es auch davon kommen, dass er sich gewehrt hat, um sich aus dieser äußerst schlimmen Lage zu befreien."

Herb drehte sich ab.

Alexander musterte das zarte Gesicht des Jungen. „Gibt es äußerliche Gewaltspuren?"

„Bis auf die Rückenverletzung durch das Befestigen des Pfahls sind keine Verletzungen sichtbar, die auf ein Gewaltverbrechen hinweisen. Keine stumpfe Gewalt, keine Messer- oder Schusswunden. Die Blutflecken am Boden sind vom Rücken getropft. Man hat ihm lange Eisenstäbe in den Rücken gesteckt, die ihn jedoch nur oberflächlich verletzt haben. Verblutet ist er daran nicht."

„Was glaubst du, wie lange er schon hier steht?"

„Ich denke, er ist hier gestorben. In den frühen Morgenstunden."

„Du meinst, er hat noch gelebt?"

„Sieht alles danach aus. Er hat leichte, kaum erkennbare Kratzspuren im Gesicht. Er wird versucht haben, sich aus der Maske zu befreien. Du siehst, die Hände sind in der Mitte an den Pfahl genagelt. Doch er hat versucht, sie zu entfernen. Das zeigen die Abschürfungen an den Nägeln und Fingerkuppen."

„Das heißt …", Alexanders Augen weiteten sich, „… er hat hier einen qualvollen Todeskampf gehabt?"

„So kann man es ausdrücken. Alles Weitere nach der Obduktion."

Alexander wusste, dass er keine weiteren Fragen mehr stellen brauchte. Simmerman war kein Mann großer Worte. Schon gar nicht ließ er sich gern festnageln, ohne ausreichend Beweise zu haben. Der Ermittler lief zu Nicole Krämer, deren Augen sich nicht von Marc lösen konnten. Ihr Gesicht war kreidebleich, wie erstarrt. „Mrs. Krämer, wann genau haben Sie die Figur entdeckt?"

„Wir sind zum Mittagsdienst gekommen." Sie räusperte sich. „Es war so gegen 12 Uhr. In etwa."

Die andere Krankenschwester bestätigte das mit einem Kopfnicken.

„Haben Sie irgendjemanden in der Nähe gesehen?"

„Nein. Wir sind hierhergelaufen. Da war niemand. Die Figur … Ich meinte Marc, sie … er … stand einfach so da."

Alexander wandte sich an den Chefarzt. „Gibt es Überwachungskameras am Seiteneingang. Drinnen?"

„Nein, leider nicht. Hier gehen meist nur die Reinigungskräfte hinein. Es ist kein offizieller Eingang."

Alex stöhnte.

Die Spurenermittler sicherten Beweise.

Alexander atmete geräuschvoll aus. Seine nächste Aufgabe war es, die Eltern zu unterrichten. Schleppend lief er auf sie zu. Die Mutter stand mit tränennassen Augen am Absperrband und hielt die Hände zusammengefaltet vor ihrer Brust. Schneeflocken rieselten auf ihre schwarzen Haare. Ihre Mascara war bis zu den Mundwinkeln verlaufen. Der Vater hatte seine Hände in die Manteltaschen gesteckt und wippte mit den Füßen auf und ab. Alex legte sich die Worte zurecht. Egal wie behutsam er sie wählen würde, es wird ihnen den Boden unter den Füßen wegreißen.

„Agent Johnson, was ist dort hinten los? Hat es irgendwas mit Marc zu tun?"

„Würden Sie mich bitte ein Stück begleiten?"

Die Mutter schluchzte. Sie presste sich die Hand auf die Brust. „O Gott, bitte."

Schweigend führte Alex die Eltern an die Seite, wo er ungestört mit ihnen reden konnte. „Es tut mir aufrichtig leid. Wir haben ihren Sohn gefunden. Es fällt mir schwer zu sagen, aber ihr Sohn ist einem Verbrechen zum Opfer gefallen."

Mr. Bown starrte Alex an. Sein Mund stand offen. Immer wieder bewegten sich seine Lippen, als wollte er etwas äußern, doch er brachte keinen Ton heraus. Mrs. Bown schrie: „Sie müssen sich irren! Das kann doch gar nicht sein. Warum sollte jemand meinen Sohn töten? Er hat doch niemandem etwas getan."

Die Leute hinter der Absperrung starrten zu ihnen hinüber. Journalisten riefen, um an Informationen zu gelangen. Fotografen schossen Bilder, die am nächsten Tag die Schlagzeile jeder Zeitung sein würden. Alex sah die Überschrift schon vor sich: **Grausame Ermordung eines Kindes.** Darüber hinaus würden die Schmierfinken Dinge hinzudichten, die nur halb oder gar nicht der Wahrheit entsprachen.

„Ich möchte ihn sehen!" Der Vater sprach wie in Trance. Seine Seele steckte nicht in seinem Körper. Seine Augen bewegten sich schnell.

„Das ist im Moment nicht möglich. Die Spurensicherung nimmt gerade Beweise auf. Sie werden sich selbstverständlich danach verabschieden können."

Alexander verkniff sich den Hinweis, dass sie ihren Sohn identifizieren müssten. Dies würde unnötig die Hoffnung schüren, dass es sich eventuell nicht um Marc handeln würde. Eine winzige Hoffnung, an die sich die Eltern klammern würden, und die ihnen dann doch nur wieder genommen werden würde.

Alexander ließ die Eltern von einem Uniformierten in die Klinik bringen. Er schaute auf sein Handy. In ihm keimte die Hoffnung, eine Antwort von Natalie erhalten zu haben. Doch sein Nachrichtenfach war leer. Mit einer Mischung aus Wut, Trauer und Sorge lief er zurück zum Tatort. Die Beamten der Spurensicherung stellten eine Trage auf.

„Sieh mal einer an." Simmerman wedelte mit einem Zettel durch die Luft. „Was haben wir denn da?"

„Was ist das?", fragte Alex.

„Es wird dir nicht gefallen."

Alexander zog Handschuhe über. Nahm den Zettel. Er schaute Simmerman fragend an.

„Er hat an seiner rechten Handinnenfläche gehangen."

Alex las die Zeilen. Seine Gesichtsfarbe wurde weiß.

Herb stellte sich hinter ihn und blickte über seine Schulter. „Scheiße."

14

Willkommen in deiner persönlichen Hölle. Was sollte das bedeuten? Dem Jungen war der Appetit vergangen. Was hatte Jay gemeint? Er hatte die Augen gesehen, wie fies sie gefunkelt hatten. Hatte er alles geplant? Wollte er Chuck von Anfang an in dieses Heim locken? Die ganze Zeit beschlich ihn dieses merkwürdige Gefühl. Jay war nett gewesen, versprach ihm zu helfen. Sollte er sich so getäuscht haben?

Chuck lief die Treppe nach oben. Vorsichtig drückte er die Türklinke nach unten. Er wollte schauen, ob er eingeschlossen war. Die Tür ließ sich nicht öffnen. Er war in dieser Hölle gefangen. Jay hatte etwas vor mit ihm. Was sollte er tun? Schreien? Das war keine Option. Die Heimleiter würden herausfinden, dass er ein Waisenkind war, die würden ihn direkt dortbehalten. Dann würde er auf jeden Fall in diesem Heim landen. Die Wut von Jay wollte er sich gar nicht erst ausmalen. Er würde ihm dafür böse mitspielen. Chuck war sicher: Er war dazu fähig. Seine Augen, die hatten es verraten.

Ich habe ihre Schreie gehört. Hatte er wirklich alles mitbekommen? Warum hatte Jay überhaupt da draußen herumgelungert? Das Haus seines Stiefvaters lag abgelegen, umgrenzt von einem Waldstück, nahe dem Fluss. Um vom Kinderheim bis zum Haus zu gelangen, hatte man quer durch das Waldstück laufen müssen. Hatte Jay ihn und seine Eltern schon öfter beobachtet? Jays Worte hallten wie ein Echo in seinen Gedanken. Angst beherrschte seinen Körper, der unkontrolliert zitterte. Je mehr er darüber nachdachte, umso mehr wollte er weg. Ihn ergriff die Gewissheit: Jay hatte alles geplant. Obwohl ihm klar war, dass er in dem Keller eingeschlossen war, drückte er gedankenversunken noch einmal die Türklinke. Die Tür ließ sich öffnen! Irritiert, aber erleichtert, verharrte Chuck einen kurzen Moment. In seinem Bauch kribbelte es. Er stieß ein kurzes Danke nach oben, atmete tief ein und lugte leise aus dem Spalt.

Die Erkenntnis traf ihn wie ein Schlag ins Gesicht. Er hatte sich beim ersten Mal nicht geirrt. Die Tür war zuvor noch abgeschlossen gewesen. Mit verschränkten Armen stand Jay dahinter. Sein Grinsen brannte sich in Chucks Gedächtnis. Er riss ihm die Tür aus der Hand, gab ihm einen Tritt. Der Zwölfjährige fiel rücklings die Treppe hinunter. Schützend hielt er seine Arme über den Kopf. Als er am Ende der Treppe aufprallte, wagte er nicht, sich zu bewegen. Alles schmerzte. Er glaubte, sich jeden Knochen seines Körpers gebrochen zu haben.

Jay schloss die Tür hinter sich. Langsam, fast schleichend, noch immer grinsend, kam er die Treppe hinunter. „Hab ich es geahnt, dass du versuchen würdest abzuhauen." Der Junge stellte sich über Chuck. „Findest du das nicht etwas undankbar?" Von unten gesehen erschien er riesig. „Ich habe dich vor den Polizisten gerettet. Die hätten dich einkassiert."

Chuck blieb stumm. Es kam ihm in den Sinn, dass das die bessere Alternative gewesen sein könnte.

„Wo wolltest du denn hin? Hattest du gedacht, du kannst hier einfach raus spazieren? Und verschwinden? Du bist zwölf Jahre. Du würdest Aufmerksamkeit erregen, wenn du nachts allein durch die Straßen geisterst."

Chuck testete, ob er seine Arme und Beine bewegen konnte. Das Bein mit der Verletzung schmerzte am meisten. Ansonsten schien nichts gebrochen zu sein. Mit den Händen drückte er sich in eine sitzende Position. Lehnte sich an die feuchte Wand. „Ich habe Angst gehabt." Beim Einatmen stach es in seiner rechten Flanke. „Ich wollte nur schauen. Es ist hier unten so kalt." Sein fahles Gesicht errötete bei der Lüge.

Jay setzte sich auf die Matratze. „Ich habe dir befohlen, hier unten zu bleiben." Er musterte ihn eindringlich. „Wenn sie dich erwischen, dann bekomme ich Ärger. Und ich möchte keinen Ärger. Wenn ich wütend bin, dann ist mit mir nicht zu spaßen."

Das hatte Chuck gerade am eigenen Leib gespürt. Der Junge stand auf, hielt sich das schmerzende Bein. Der Verband war von Blut durchtränkt. Chuck wusste nicht, wo er hingehen sollte, also lehnte er sich an die Kellerwand.

„Du solltest dich besser mit mir arrangieren, Chuck. Ich bin der Einzige, der dir helfen kann."

Chuck konnte seine Tränen nicht aufhalten. Dieser Tag wurde mehr und mehr zu einem Albtraum. Noch am

Morgen dachte er, der Tag wäre grausam, doch mit jeder Stunde war er schlimmer geworden.

„Ich beobachte dich schon lange. Sehr lange." Seine Mimik schien fratzenartig. „Sie waren nicht nett zu dir, nicht wahr?"

Chuck starrte Jay an. In seinem Körper brannte es.

„Nun glotz nicht so blöd! Ich habe deine jämmerlichen Schreie gehört. Du hast um Hilfe geschrien. Gewinselt. Gefleht, dass dich dort irgendjemand rausholt. Aus der Hölle."

Chuck war noch immer nicht in der Lage zu reagieren. Er wurde mit den Worten förmlich erschlagen.

„Du hattest Versagereltern. Dein Vater war ein Scheißkerl, deine Mutter eine depressive, nichtsnutzige Kuh, die deinem Vater hörig war. Sie hat dir nicht geholfen. Niemals. Nicht wahr?"

Chuck weinte, bekam kaum Luft. „Es war nicht mein Vater."

Jay runzelte die Stirn.

„Mein Vater ist tot."

„Adoptiveltern?"

Chuck schüttelte den Kopf. „Es war meine Mutter. Und ihr Mann. Mein Stiefvater."

„Das spielt keine Rolle. Es waren die, die dich lieben sollten. Doch du warst an allem schuld, was deinem Stiefvater nicht passte. Ich habe gehört, wie er dich angeschrien hat. Ich habe gesehen, wie er mit dem Gürtel auf dich eingedroschen hat, als du das Holz nicht schnell genug geschlagen hast. Du hast es einfach stumm über dich ergehen lassen. Hast nichts getan. Du hast nur wie ein hirnverbrannter Idiot in den Wald gestarrt. Ich konnte dich sehen, deine Augen, wie sie flehten, dass es aufhören mag. Während er immer und immer wieder auf dich einschlug."

„Hör auf!" Chuck presste sich die Hände auf die Ohren.

„Weißt du was?" Jay sprach lauter. „Deine Mutter stand am Fenster. Sie hat alles mit angesehen. Sie kam nicht etwa raus, um dir zu helfen. Diese egoistische Kuh. Lieber lässt sie ihren Sohn verprügeln, als dass sie vielleicht selbst noch etwas abbekommt."

„Du sollst still sein!", brüllte Chuck.

Jay sprang auf, hielt ihm den Mund zu. Er legte seine Lippen ganz nah an Chucks rechtes Ohr und flüsterte: „Sie hat einfach zugeschaut, wie er deinen Arsch blitzeblau geschlagen hat."

Chucks Körper bebte.

„Du hast sie beide gehasst. Ich habe es jeden Tag in deinen Augen gelesen." Jays Händedruck auf den Mund verstärkte sich. „Du hast dir gewünscht, dass dir jemand hilft. Ich habe dir geholfen. Du musst nie wieder zurück in diese Hölle."

Dafür bin ich in eine andere gekommen, dachte Chuck. Seine Hände zitterten.

Unter der Hand, die Jay auf seinen Mund und Nase hielt, bekam er kaum noch Luft. Er versuchte, sich aus der Umklammerung zu befreien.

„Ja, versuch, dich zu wehren."

Jay war stärker. Presste ihn an sich. Er spürte das wild klopfende Herz des Jugendlichen. Wie er es genoss.

Chuck spürte den Atem von Jay in seinem Nacken. Er bekam Gänsehaut.

„Du bist ein Opfer, du wirst es nicht schaffen. Wusstest du, dass Opfer immer Opfer bleiben?"

Es erinnerte Chuck an seinen Stiefvater, der am Morgen an sein Bett gekommen war. Ihn aus dem Schlaf gerissen hatte. Chuck hatte verschlafen, weil er die halbe Nacht wach gelegen hatte. Sein Stiefvater hatte ihn angeschrien, ihn einen Nichtsnutz genannt. Chuck war aus dem Bett gesprungen, in die Küche gerannt. Doch es war zu spät gewesen. Seine Mutter hatte ihn streng angesehen. Ihr Blick sagte, dass sie ihn für dumm hielt. Sie ihm nicht helfen konnte, nicht wollte. Chuck erinnerte sich, wie die schwerfälligen Schritte seines Vaters die Treppenstufen hinunterkamen. Den Gürtel hatte er bereits in der Hand, knallte damit gegen seinen Oberschenkel. Er spürte den Atem des Mannes im Nacken, als der ihm entgegen spie, dass er sich ausziehen solle.

„Ich habe ihn gehört, deinen Schrei heute Morgen. Im ersten Moment dachte ich, dass er dich totgeschlagen hat, doch dann habe ich gesehen, wie du zur Schule gelaufen bist. Lebendig, als wäre nichts gewesen."

Chuck wurde es langsam schwindelig. Er versuchte, gegen den Widerstand zu atmen, drohte zu ersticken. Sterne tanzten vor seinen Augen. Jays Worte drangen nur noch gedämpft zu ihm durch.

„Ich musste auch zur Schule, doch ich war rechtzeitig wieder da. Ich wollte sehen, wie es weitergeht. Es hat mich fasziniert. Dich zu beobachten. Wie du alles erträgst. Wie ein Mann. Doch ich konnte sehen, dass du ein Ende wolltest."

Chucks Körper erschlaffte, noch einmal jagten die Bilder seiner brennenden Eltern durch seinen Kopf. Dann wurde es warm zwischen seinen Beinen. Der Urin rann an seinen Beinen hinab und bildete eine Pfütze. Grinsend schaute sich Jay den Urinfleck an. „Du pisst dir vor Angst in die Hosen!"

Chuck fühlte sich mit einem Mal frei. So wie er es vorher noch nie erlebt hatte. Er atmete ruhiger. Ließ sich auf einer Welle von Glück, Ruhe und Licht tragen. Er war schmerzfrei. Dann schlief er ein.

Jay ließ von dem Jungen ab, der auf den Boden sackte. Er rüttelte an ihm. Doch das Kind rührte sich nicht, nicht mehr. Seine Haut war bleich. Chucks Gesichtsausdruck wirkte zufrieden. Jay legte den schlaffen Körper auf die Matratze. Behutsam deckte er ihn zu. Strich ihm über die Stirn. Er kontrollierte seinen Puls, seine Atmung. „Du hast nach Hilfe gebettelt. Ich habe dir geholfen", flüsterte er dem reglosen Kind zu.

15

Natalies Herz schlug so heftig, dass sie es in ihren Ohren hören konnte. Sie hielt großen Abstand, versteckte sich hinter Büschen, Bäumen und Zäunen. Es war ihr egal, was die Leute von ihr hielten. Wie automatisiert folgte sie ihrem Exmann. Immer wieder schaute er sich um. Ihr Hass auf Jacob war in den letzten Sekunden dermaßen gestiegen, dass jegliche Vernunft aus ihr gewichen war. Das war ihre Chance. Sie würde ihm folgen. Und bei der kleinsten Möglichkeit, die sich ihr bieten würde, würde sie ihn zur Rede stellen.

Oder sonst was mit ihm machen.

Jacob blieb an der St. Joseph Kirche stehen. Er betrachtete das große Steinkreuz an der Spitze des Daches. Das große Steingebäude war an diesem Morgen gut besucht. Da alle Besucher weinend und schwarz gekleidet hinauskamen, vermutete Natalie, dass es sich um eine Trauerfeier handeln musste. Sie versteckte sich ein paar hundert Meter entfernt hinter einem blauen Auto. Sie hatte Jacob durch die Heck- und Frontscheibe gut im Visier. Eine schluchzende Dame stolperte auf der Treppe. Jacob war mit einem großen Schritt bei ihr, um sie aufzufangen. Die Dame unterhielt sich mit ihm, schnäuzte sich immer wieder die Nase. Sie schüttelte immer wieder den Kopf, während Jacob ihr die Schulter tätschelte. Natalie musste fast laut loslachen, so skurril war das Bild. Zwar war Jacob katholisch, aber seine Taten der letzten Jahre widersprachen jedem Gebot, das in der Bibel stand. Die Frau ging weinend weiter. Jacob verharrte vor der Kirche, als suche er Hilfe bei Gott.

Du kannst deine Taten nicht wieder gutmachen. In Natalie zog sich alles zusammen. Zorn war die einzige Emotion, zu der sie gerade fähig war. Ihren Impuls, sich auf ihn zu stürzen, konnte sie nur schwer unterdrücken. *Du bekommst deine Chance*, versuchte sie sich zu beruhigen.

Jacob bog nach einigen Minuten in die Cedar-Street. Natalie wartete nur wenige Sekunden und folgte ihm. Sein Gang war müßig. Von dem attraktiven, gut gekleideten und sportlichen Mann war nichts mehr übrig. Er hatte zugenommen. Sein wilder Bartwuchs ließ ihn älter wirken. Sein Haar war in den letzten Wochen noch grauer geworden. Er versteckte es unter einem schwarzen Basecap. Eins war unverkennbar: sein Gang. Er war es, der ihn verriet. Natalie wunderte es nicht, dass man Jacob noch nicht gefunden hatte. Bei seinem Erscheinungsbild. Die Fahndungsbilder sahen ihm heute nicht mehr ähnlich. Was Natalie jedoch immer erkannte, war die schiefe Haltung beim Gehen. Sein rechter Arm hing immer ein Stück weiter unten als der linke.

Natalies Herz hämmerte wild, als Jacob sich plötzlich umdrehte. Sie machte einen Satz hinter eine große Tanne, die an einem Seiteneingang der Kirche stand. Durch das lichte Gehölz beobachtete sie ihren Exmann. Er hatte die Sonnenbrille abgenommen und blickte in ihre Richtung.

Was um Himmels willen machst du hier? Du musst das FBI benachrichtigen. Was sie zu tun hatte, wusste sie. Eigentlich. Doch ihr Drang, sich zu rächen, hielt sie ab, die richtige Entscheidung zu treffen. Sie sah Alex vor sich, wie er verständnislos den Kopf schüttelte.

Sie atmete stoßartig aus, um sich zu beruhigen. Hatte er sie gesehen? Oder spürte er, dass ihm jemand folgte? Minutenlang verharrte er, starrte auf die Tanne. Sie konnte seine dunklen Augen sehen, die sie früher liebevoll angeschaut hatten. Von denen sie von Beginn ihrer Liebe magisch angezogen worden war. Natalie umklammerte das schwarze Geländer. Sie hatte das Gefühl, den Halt unter den Füßen zu verlieren. Sie sah, dass seine Hände zitterten. Die Mörderhände, die ihren Sohn getötet hatten. Wieder nahm die Wut Oberhand. Sie verspürte den Drang, das Gleiche zu tun, was er Liam angetan hatte. Doch eine Schar Kinder, die gerade die Straße überquerte, hielt sie zurück.

Du bekommst deine Chance, wiederholte sie ihre Gedanken.

Jacob setzte seine Brille wieder auf, lief langsam weiter. Natalie sah, dass er seinen Kopf etwas schräger hielt. So als würde er das, was hinter ihm geschah, im Augenwinkel unter Beobachtung halten. Sie musste vorsichtiger sein. Eine Weile blieb sie stehen. Als Jacob an einem Supermarkt vorbeilief, wechselte sie die Straßenseite und suchte Schutz hinter den am Straßenrand parkenden Autos. Ein roter Truck, der Getränke lieferte, nahm ihr einen Moment die Sicht. Als der Truck vorbeigefahren war, hatte sie Jacob verloren. In ihr zog sich alles zusammen. *Nein, Nein, Nein!* Panik erfasste sie. Ihr Magen schmerzte. Sie rannte auf die Straße, drehte sich im Kreis. Der Mann mit dem Cap und der Sonnenbrille war verschwunden. Sie lief auf den Parkplatz, der gegenüber der Einkaufsstraße lag. Jeden, der an ihr vorbeiging, fragte sie, ob er einen Mann mit Bart, dunkler Brille und Basecap gesehen hätte. Die meisten schüttelten nur den Kopf, andere ignorierten sie gänzlich. Natalie kochte vor Wut. Sie rannte zu dem Truckfahrer, der gerade Getränke aus seinem Auto entlud. „Mussten Sie ausgerechnet hier parken?", schrie sie ihn an.

Der Fahrer schaute sie perplex an. Musterte sie lüstern. Mit einem breiten Grinsen antwortete er: „Schöne Frau, so schlecht gelaunt? Habe ich mich auf Ihren Privatparkplatz gestellt?"

Natalie lief rot an. Sie wusste, dass er nichts dafür konnte. Trotzdem bebte sie innerlich vor Wut. Mehr auf sich selbst. Sie rannte erneut über die Straße, bog in die nächste Seitengasse ein. Jacob konnte noch nicht weit sein. Im Rennen drehte sie ihren Kopf in alle Richtungen. Sie wollte ihn wiederfinden. Plötzlich knallte sie gegen etwas Hartes.

Erschrocken drehte sie sich um. Da stand er. Seelenruhig, die Arme verschränkt. Jacob. Er starrte sie an.

Natalie war starr vor Schreck.

„Hallo Natalie", war das Einzige, das er sagte.

Natalie schwieg. In ihr brannte ein Feuer. Sie ballte die Hände, wollte auf ihn eindreschen. Doch sie war wie gelähmt. Die Arme hingen schwer nach unten, ihr Körper reagierte nicht auf ihre Gedanken. *Erwürg ihn, diesen Scheißtypen.* Tränen schossen ihr in die Augen. Sie hatte Mühe, Luft zu holen. Jeder Atemzug stach in ihrem Brustkorb.

„Du suchst mich?", fragte Jacob in ruhigem Ton. Er stand da, als wäre nie etwas passiert. „Wo hast du denn dein Superteam gelassen?"

„Warum?", zischte Natalie. Ihre Stimme klang scharf.

Sie wollte nur noch eine Antwort. Die, die er ihr schuldig war.

„Ich habe dir alles erklärt. In dem Brief. Du hast ihn doch gefunden, als du mein Haus durchwühlt hast, oder?"

„Du mieses Stück Dreck." Sie hämmerte gegen seine Brust. „Du hast unseren Sohn getötet!"

Jacob ließ sich davon nicht beeindrucken, stand wie ein Fels in der Brandung. „Du hattest doch sowieso kaum Zeit für ihn. Du hast immer nur an deine Arbeit gedacht. Warum musstest du Liam überhaupt bekommen?"

Natalie weinte. „Nimm seinen Namen nicht in den Mund. Du hättest uns einfach verlassen können. Musstest du ihn umbringen? Er war erst ein Jahr alt."

„Ich habe dir nur einen Gefallen getan, Natalie. Er wäre in einer kaputten Ehe aufgewachsen."

„Kaputt? Sie war nicht kaputt. Ich habe dich geliebt. Du warst der, der ausgebrochen ist."

Er runzelte die Stirn.

„Du hattest das Haus all die Jahre. Du hast mich belogen."

Er grinste. „Ärgert es dich? Deine Superspürnase hat dich im Stich gelassen, was?"

Er hatte recht. Es ärgerte sie, dass sie all die Jahre nicht gemerkt hatte, was Jacob für ein Mensch war. „Du hast so viele Kinder getötet, Jacob. Du hast dich als Arzt ausgegeben, um …"

„Stopp! Ich bin ein guter Arzt. Ich habe den Kindern jegliches weitere Leid erspart."

„Du hattest kein Recht dazu." Natalie wurde laut. „Du bist nicht Gott, um über Leben und Tod zu entscheiden."

Ein betrunkener Mann wankte vorbei, blieb am Anfang der Straße stehen. „Lady, belästigt Sie der Mann?", lallte er. Er war sehr wackelig auf den Beinen. Selbst wenn sich Natalie in Gefahr befinden würde, er wäre der Letzte, der ihr helfen könnte. Man musste ihn nur anstoßen, er würde umfallen.

„Alles in Ordnung, nur ein Streit unter Eheleuten."

„Scheiß Ehe", rief er und wankte weiter.

„Also, Agent Bennett." Jacob spuckte die Worte voller Hass aus. „Was willst du jetzt tun? Willst du mich ausliefern? Wo bleiben denn deine Kollegen?"

Natalie fixierte ihn, bedacht darauf, dass er sie jeden Moment angreifen könnte. Er war in die Ecke getrieben. Und er wusste, dass Natalie stark war. „Glaubst du wirklich, ich gebe mich damit zufrieden, dass du nur hinter Gitter kommst?"

Jacob lachte. „Was willst du tun? Mich umbringen?"

Natalie antwortete nicht. Ihr Gesichtsausdruck verriet genug.

„Komm schon, Natalie. Du bist FBI-Agentin. Du darfst mich nicht töten. Du dürftest nicht mal hier sein."

„Richtig, Jacob, das dürfte ich nicht. Aber ich bin es trotzdem. Und glaube mir, ich bin nicht aus Spaß in New York. Du hast mein Leben zerstört. Es ist mir egal, wer ich bin. Nur eins ist klar: Ich bin die Mutter eines getöteten Kindes, dessen Killer gerade vor mir steht. Was meinst du, zu was eine solche Mutter fähig ist?"

Jacobs Grinsen erstarb. Es schien, als würde er begreifen, dass Natalie nichts mehr zu verlieren hatte. Das Wichtigste war ihr genommen worden. „Hör zu, ich weiß, du hast eine verdammte Wut auf mich. Aber du musst auch mich verstehen. Ich wollte doch nur deine Liebe."

„Ich habe dich geliebt!" Natalie schrie hysterisch. Ihr Hass wuchs wie ein bösartiger Tumor in ihrem Magen.

„Deine ganze Liebe reichte nur für Liam. Plötzlich kam ich mir in unserer Familie wie ein Fremder vor. Ich wollte doch nicht schon wieder jemanden verlieren, den ich geliebt habe."

„Du glaubst nicht wirklich, dass ich dir diesen Mist abkaufe? Was hast du denn geglaubt? Dass ich dir um den Hals springe? Super, mein geliebter Ehemann, du hast unser Kind getötet. Jetzt sind wir wieder frei. Was geht in deinem Kopf vor?"

Jacob blickte nach unten, schluckte. Natalie bemerkte, dass er nach einer Fluchtmöglichkeit suchte.

„Ich hasse dich! Was du getan hast, ist mit nichts zu entschuldigen."

„Was hält denn dein Superpartner Alexander von deiner Aktion?"

Natalie reagierte nicht.

„Na klar, er weiß nicht, dass seine beste Freundin gerade dabei ist, ihren Exmann zu töten."

„Hast du Angst?" Sie starrte ihm tief in die Augen. Sie sah in seinem Blick, dass er sie hatte. Nun war es Jacob, der nichts erwiderte. „Genauso haben sich die Kinder gefühlt, die du getötet hast. Sie hatten keine Wahl."

„Sie haben es nicht gemerkt. Sind ganz friedlich eingeschlafen."

„Oh, wie lieb du doch bist. Bei Liam hattest du keine tödliche Dosis Morphin dabei."

Jacob schluckte.

Natalie konnte nicht verstehen, wie er so kalt sein konnte. Doch sie interessierte sich auch nicht mehr dafür. Um sie herum nahm sie nichts mehr wahr. Es war wie eine Dunkelheit, die sie umhüllte. Sie blendete die Geräusche der Stadt aus. Kein Autogehupe, kein Straßenlärm, kein Stimmengewirr. Einzig ihre Wut strömte durch ihren Körper. Jeder einzelne Muskel in ihr war angespannt.

„Tut mir leid, Natalie. Aber ich habe es etwas eilig."

Etwas irritiert blickte sie ihn an. Ehe sie begriffen hatte, gab er ihr einen kräftigen Schubs. Sie flog gegen die Wand. Schlug mit dem Kopf auf. Kurz wurde ihr schwarz vor Augen. Sie hielt sich den Hinterkopf. Als sie sich umdrehte, sah sie, wie Jacob in einen Wagen stieg. Sie hievte sich mühsam hoch, doch ihre Beine sackten weg. Sie atmete tief ein, erhob sich erneut und rannte los. Sie lief auf die Straße, hielt das Taxi an, indem sie davor sprang.

Ein mit einem schwarzen Anzug bekleideter Mann saß auf dem Rücksitz und telefonierte. „Hey, was soll das denn? Das Taxi ist besetzt."

„FBI, steigen Sie sofort aus! Das ist ein Notfall." Natalie packte ihn an der Schulter, zog ihn unsanft aus dem Auto. Der Mann wetterte, doch Natalie hörte nicht, was er sagte.

„FBI?", fragte der Fahrer.

„Ganz recht. Folgen Sie dem Auto da vorn. Schnell."

Der Fahrer schaute sie entgeistert an.

„Machen Sie endlich. Sie hindern eine polizeiliche Ermittlung. Fahren Sie los!"

Die Reifen quietschten, als der Taxifahrer Gas gab.

„Du entkommst mir nicht noch einmal, Jacob Bennett."

16

„Verdammt, was soll das denn bedeuten?" Herb rannte im Besprechungszimmer auf und ab. „Dieser Typ taucht überall auf. Das kann doch nicht wahr sein."

Alexander saß an dem großen, ovalen Tisch. Das Zimmer roch frisch nach Sommerblumen, weil es gerade geputzt wurde. Der Duft verursachte dem Ermittler ein Stechen in seiner Stirn. Er legte den Kopf auf seine Hände und starrte auf den Zettel, der bei dem Jungen gefunden wurde. Als könne sich daran noch etwas ändern, fixierte er die Worte. Wiederholt wischte er sich über die Augen, doch die Buchstaben blieben die gleichen.

Aiden King betrat den Raum. Er öffnete eine Dose Cola, die überschäumte. Geräuschvoll schlürfte er das Getränk vom Dosenrand, ehe es auf den Boden kleckerte.

Von hinten klopfte ihm Anna Hall auf die Schulter. „Nicht so hastig, Jungchen. Es nimmt dir niemand etwas weg." Sie setzte sich zu Alexander, der sie nicht wahrnahm. Ihr Blick fiel auf Herb, der wie ein aufgescheuchtes Reh hin und her lief. „Habt ihr einen Geist gesehen?"

„Ist wirklich eine gespenstische Stimmung im Raum", erwiderte King, „Was haben wir denn?"

Als der Rest des Teams am Tisch saß, befestigte Alexander die Fotos an der Pinnwand. „Diese Figur wurde heute, vermutlich in den frühen Morgenstunden, neben dem Cheslock abgestellt."

„Das ist aber ein übler Scherz", sagte Aiden King. „Sehr geschmacklose Kunst."

Herb räusperte sich. „Warte ab, wie geschmacklos es noch wird."

Alexander blickte die beiden an. „Kann ich weitermachen?"

Die Ermittler nickten.

„Wir wurden wegen des Verschwindens eines Zwölfjährigen gerufen. Den haben wir auch gefunden." Alexander zeigte auf die Bilder.

Die Münder der Kollegen standen offen. Jeder starrte schweigend auf die Figur.

„Der Körper ist der Leichnam von Marc Bown. Sein Gesicht wurde unter der Maske versteckt. Laut Simmerman ist er an Ort und Stelle gestorben."

„Im Ernst?", seufzte Anna.

„Er hat einen langen Todeskampf hinter sich. Er hat mit aller Kraft versucht, sich zu befreien. Simmerman vermutet Ersticken als Todesursache. Doch genau wissen wir das erst nach der Obduktion."

„Irgendwelche Hinweise auf den Täter?"

„Natürlich nicht. Es gibt keine Kameras. Den Krankenschwestern ist niemand aufgefallen."

„Dann sollten wir in den eigenen Reihen als Erstes suchen", antwortete King.

„Haben wir schon", erwiderte Herb.

Alexander nickte und schaute King einen Moment an. „Du gehst mit Lopez in die Gerichtsmedizin. Herb und ich befragen Zeugen. Mitchell, du widmest dich den Computern. Ich möchte wissen, wo Jacob Bennett ist."

Aiden stöhnte. „Ich glaube, der sollte jetzt nicht unser Problem sein, Alex. Darum kümmern sich die oben."

„Doch, er ist unser Problem." Alexander hob den Zettel hoch. „Das wurde in der rechten Handinnenfläche des Jungen gefunden." Er reichte den Zettel herum.

Unheimliche Stille legte sich über das Zimmer.

Anna brach als Erste das Schweigen: „Was hat das zu bedeuten?"

„Das sollten wir herausfinden. Denn es steht dort schwarz auf weiß. Das nächste Opfer wird nicht lange auf sich warten lassen."

Alex stand auf und heftete den Zettel an die Wand. In Großbuchstaben prangten darauf die Worte: ICH HÖRE ERST AUF, WENN JACOB BENNETT TOT IST.

Anna Halls Wangen glühten. Kopfschüttelnd betrachtete sie die Worte.

„Dieser Typ taucht schon wieder auf?" Aiden war aufgestanden. „Was hat Bennett damit zu tun?"

Anna flüsterte fast. „Er muss nicht zwangsläufig etwas damit zu tun haben."

„Was willst du damit sagen?", fragte Herb. Er fixierte sie mit zusammengekniffenen Augen.

„Ich weiß es nicht, aber …" Anna sprach nicht weiter.

Alexander erhob sich. „Ich werde Natalie darüber informieren. Vielleicht kommt sie zurück. Wir brauchen jede Hand."

Er sah den finsteren Blick von Anna. Alex fragte sich, was in ihrem Kopf vorging, entschied jedoch, später mit ihr darüber zu sprechen. Er ging in sein Büro und wählte Natalies Nummer. Wie erwartet meldete sich die Mailbox. „Bitte melde dich. Rein beruflich brauchen wir deine Hilfe." Der Ermittler lehnte sich in seinem Schreibtischstuhl zurück. Seit den Worten von Anna breitete sich ein merkwürdiges Gefühl in seinem Magen aus. Irgendetwas beunruhigte ihn, als wolle ihm das Gefühl etwas mitteilen. Nervös tippte er mit dem Kugelschreiber auf den Schreibtisch. Das Klappern war das einzige Geräusch in dem Zimmer. Alex stierte die weiße Wand an. Natalie würde sagen, dass der Wand ein bisschen Farbe stehen würde. Sie hatte sein neues Büro noch nicht gesehen. Als er ihr von dem Beförderungsangebot erzählen wollte, war sie verschwunden gewesen. Wieder wühlte sich das komische Gefühl an die Oberfläche.

Alex' Handy klingelte. Ohne auf das Display zu schauen, nahm er den Anruf entgegen. „Natalie?"

„Hallo, mein alles geliebter Boss." Eine zur Frauenstimme verstellte Männerstimme ertönte.

„Simmerman, steht dir gut, die hohe Stimmlage."

„Ich denke darüber nach, sie beizubehalten."

Alex schmunzelte. „Was gibt es?"

„Ich wollte nur fragen, ob jemand bei der Obduktion dabei sein wird? Die Eltern haben Marc Bown identifiziert. Ich kann also anfangen."

„King und Lopez sind unterwegs."

„Na, ganz große Klasse. King. Dann stell ich mich auf die klugscheißerischen Sprüche ein."

„Simmerman, er ist gut."

„Ich kann ihn trotzdem nicht leiden."

„Du sollst ihn auch nicht heiraten."

Der Gerichtsmediziner schnäuzte in den Hörer. „Ich werde krank."

„Das ändert nichts an der Tatsache, dass King gleich da sein wird."

„Wenn man vom Teufel spricht. Da sind die Helden des FBI. Ich mache mich an die Arbeit."

Alex legte lächelnd auf. Erneut wählte er Natalies Nummer. Mailbox. Er schickte noch eine Nachricht hinterher. Dann rief er Mitchell an. „Gibt es schon etwas?"

„Nichts. Jacob Bennett ist wie vom Erdboden verschwunden."

„Such weiter. Irgendwo muss er sich verstecken."

Mitchell räusperte sich. „Suchen wir ihn jetzt als Täter oder Opfer?"

Alexander massierte sich die linke Schläfe. „Finde ihn!"

Herb klopfte an die Tür. „Chef." Er betrat das Zimmer, ohne eine Reaktion abzuwarten.

„Gut, dass du kommst. Wir fahren nochmal in die Klinik."

„Aber wir haben doch alles aufgenommen."

„Irgendwas müssen wir tun."

„Ich habe in der psychosomatischen Klinik in Rockford angerufen. Olivia Collister ist nach wie vor dort in Behandlung. Sie ist seit dem Vorfall vor drei Monaten nicht ein Mal aus der Klinik entlassen worden. Keine Freigänge. Sie können wir streichen."

Alexander nickte und das schlechte Gewissen meldete sich. Die Kinderkrankenschwester war bei der Entführung der Kinder aus dem Cheslock eine Hauptverdächtige gewesen. Die Ermittlungen hatten ergeben, dass sie unschuldig gewesen war, doch ihrer Psyche hatten die Verdächtigungen nicht gutgetan. „Das ist unsere Schuld."

Herb seufzte. „Sie hatte sich schon sehr verdächtig benommen. Wir haben nur unsere Arbeit getan. Außerdem hatte sie schon vorher nicht mehr alle Tassen im Schrank."

„Herb, sie hatte einen ausgeprägten Kinderwunsch. Und jedes Mal, wenn sie hätte eins haben können, hat Jacob es vorher getötet."

„Noch ein Leben, das Jacob Bennett zerstört hat. Aber wir waren es nicht."

„Was ist mit den Dearings? Den Entführern der Kinder im damaligen Fall?"

„Die sitzen im Knast. Unmöglich, dass sie es waren."

„Es muss jemanden geben, der eine Verbindung zu all dem hat. Es ist kein Zufall, dass es wieder das Cheslock ist. Und jemand will Bennett tot sehen."

Herb lachte auf. „Da gibt es so einige. Ich bin gespannt, welcher potentielle Mörder ihn als erstes erwischt."

„Das ist nicht lustig. Vor allem nicht, wenn dabei unschuldige Kinder ermordet werden."

Herbs Blick senkte sich zu Boden. Seine fahle Gesichtsfarbe errötete. „Sorry, Chef."

Alexander erhob sich.

Als die Ermittler das Büro verlassen wollten, schrie jemand durch das Großraumbüro. Wachmänner versuchten, einen Mann zu beruhigen. Der Mann war zwei

Köpfe größer als Alex. Er riss sich aus den Armen der Wachmänner. Sein Gesicht war rot angelaufen.

Alex rannte nach unten. „Was ist hier los?"

Der Mann packte Alex und umklammerte mit seiner Hand die Kehle des Ermittlers. Mehrere Kollegen stürmten herbei, zerrten an den Armen des Mannes, für den es ein Leichtes schien, sie alle abzuwehren. Seine riesige Pranke drückte auf Alex' Kehlkopf, der panisch nach Luft schnappte. „Wo ist mein Sohn?"

Herb zog seine Waffe und richtete den Lauf auf den Brustkorb des Fremden. „Sie lassen jetzt sofort den Agent los! Oder ich puste Ihnen eine Kugel in die Brust."

„Ich will wissen, wo mein Sohn ist."

Alex hing mit seinen Händen an der Hand des Vaters. Vor seinen Augen tanzten Sterne.

„Lassen Sie ihn los!"

Plötzlich sackte der Mann zusammen. Wie ein Kleinkind hockte er schluchzend auf dem Boden.

Alexander hustete. Er stützte sich an einem Schreibtisch ab. Rieb sich den Hals, auf dem die Finger des Mannes rote Abdrücke hinterlassen hatten.

Die Wachmänner legten dem Mann Handschellen an.

Als Alex sich beruhigt hatte und sich seine Lungen mit Luft gefüllt hatten, ließ er den weinenden Mann in ein Verhörzimmer bringen. „Kann ich jetzt davon ausgehen, dass wir vernünftig reden können?"

Hinter den Vater hatten sich zwei Ermittler gestellt.

Der Mann nickte.

„Was sollte das?"

„Diese Figur vor dem Cheslock. Es war eine Leiche."

„Wie kommen Sie darauf?"

Noch ehe Alex eine Antwort bekam, schmiss ihm Herb eine Zeitung auf den Tisch.

Alex las die Zeilen. **Erneut treibt ein Kindermörder sein Unwesen in Chicago. Marc Bown wurde Opfer eines perversen Triebtäters.** Alex schlug mit der Faust auf den Tisch. Unter der Überschrift prangte ein Bild der Eltern, die sich weinend in den Armen hielten. Ein Journalist hatte die Schwäche ausgenutzt, um ein Interview der Eltern zu erhalten. Den Presseheinis war nichts zu teuer. Sie säuselten den Opferangehörigen vor, dass mit der Öffentlichkeit die Täter schneller gefunden werden könnten, dass die Menschen ein Recht darauf hätten, zu erfahren, was in der Welt passiert. Nicht selten wird dabei die Polizei zerpflückt. Und nicht selten, werden die Familien damit gelockt, dass die Zeitschrift einen Spendenaufruf für die Beerdigungskosten starten würde. „Was hier steht, ist noch nicht erwiesen. Selbst die Eltern des Jungen können noch gar nicht wissen, was hinter dem Verbrechen steckt."

„Mein Sohn ist auch verschwunden. Er ist auch ein Opfer. Ich spüre es genau." Er zeigte mit dem Finger auf den Artikel. „Man kann es doch ganz klar lesen. Sie tappen mal wieder im Dunkeln. Ihre Arbeit ist für die Katz."

„Und da dachten Sie, wenn sie zum FBI kommen, einen Sonderermittler als Geisel nehmen, dass es nützlich ist?"

„Ich wollte Ihnen ein bisschen Feuer unter dem Hintern machen. Sie müssen doch was tun."

„Nun sagen Sie mir erst einmal etwas zu Ihrem Sohn."

„Er ist seit drei Tagen verschwunden. Ich bin ganz sicher, dass er auch ein Opfer dieses kranken Schweins ist."

Alex wechselte einen Blick mit Herb. Dann wandte er sich wieder an den Vater. „Wie alt ist Ihr Sohn?"

„26 Jahre. Er wollte sich Zigaretten holen. Ich habe noch gesagt, er soll dieses scheiß Rauchen lassen. Von wegen Zigaretten. Hasch wollte er kaufen."

Alex räusperte sich. Er wusste, das war reine Zeitverschwendung. „Das heißt, ihr Sohn ist erwachsen und hat freiwillig das Haus verlassen?"

Der Mann schoss nach oben.

Alex blieb sitzen, ohne zu zucken. Er hatte mit dieser Reaktion gerechnet.

Die beiden Ermittler hinter dem Vater packten ihn an der Schulter und drückten ihn zurück auf den Stuhl.

„Das ist wieder typisch für das FBI. Nur weil mein Junge nicht dem Klischee der lieben und braven Bürger entspricht, ein versoffener Kiffer ist, lohnt es nicht, nach ihm zu suchen."

„Das stimmt so nicht. Wir nehmen Ihre Vermisstenmeldung auf. Es wäre gut, wenn Sie ein aktuelles Foto haben. Ein Kollege kümmert sich um Sie. Sie verstehen, wenn ich mich jetzt um die Suche nach dem Mörder kümmern muss."

Alex und Herb verließen den Raum.

„Spinner." Herb schüttelte den Kopf. „Cheslock?"

Alex nickte und eilte voraus. Bevor er seinen Wagen startete, überprüfte er noch einmal sein Handy. Von Natalie gab es noch immer keine Antwort.

17

5. Januar 2017
Bronxville, New York

Jeder einzelne Muskel in ihrem Körper schlotterte unkontrolliert. Ihre Hände gehorchten ihr nicht. Die
Handtasche fiel beim Versuch, sie zu öffnen, hinunter.
Der gesamte Inhalt verteilte sich auf dem Fußweg. Ihr
Lippenstift rollte in einen Gullydeckel. Natalie starrte
dem Stift hinterher, bis das Plumpsen in etwas Flüssiges
bestätigte, dass er unten angekommen war. Es vergingen
Minuten, bis sie sich aus der Starre lösen konnte. Hastig
stopfte sie ihren Geldbeutel, eine Taschentuchpackung,
ihren Dienstausweis und drei Kugelschreiber zurück in
die Tasche. Dann fiel ihr das Buch in die Hände. Das zer-
fledderte Tagebuch aus Jacobs Vergangenheit. Sie drückte
es gegen die Brust und begann zu rennen. Natalie lief wie
eine Wahnsinnige durch die Straße. Ihr Atem raste. Sie
konnte kaum Luft holen. Tränen nahmen ihr die Sicht.
Den Mann, der wie aus dem Nichts vor ihr auftauchte,
übersah sie und prallte gegen ihn. Zwei Milchflaschen
knallten auf den Boden. Das laute Scheppern zog die

Blicke der herumstehenden Leute auf sich. Natalie zuckte nicht einmal. Ihr Blick verharrte auf der weißen Flüssigkeit, die wie ein Rinnsal die Straße abwärts floss.

„Können Sie nicht aufpassen?" Der Mann fuchtelte zornig mit den Händen.

Natalie stand wie ein kleines Schulmädchen vor ihm, nicht in der Lage etwas zu sagen.

„Sie könnten sich wenigstens entschuldigen, Sie dumme Pute. Die Milch hat Geld gekostet."

Blindlings kramte Natalie ihre Geldbörse aus der Tasche, die noch zweimal auf den Boden fiel, ehe sie sie zu greifen bekam.

„Sind sie auf Drogen oder was stimmt nicht mit Ihnen?", wetterte der Mann. Er schrie laut, sodass sich immer mehr Schaulustige um das streitende Pärchen gesellten.

Natalie streckte ihm einen zehn Dollarschein entgegen.

„Was soll ich mit dem Scheiß? Glaubst du, ich latsche jetzt zurück in den Laden und kauf neue?" Der Mann zündete eine Zigarette an, pustete den Qualm mitten in Natalies Gesicht. Stinkender Nebel gemischt mit einem Geruch aus Pfefferminz. Plötzlich hatte sie Lust, auch eine zu rauchen, obwohl sie damit aufgehört hatte.

„Und wer macht die Sauerei jetzt sauber? Ich ganz sicher nicht."

Der Mann prügelte mit Worten auf Natalie ein, die sein Gesagtes nicht wahrnahm. Ständig tauchten Bilder von Jacob vor ihrem inneren Auge auf. Eine Woge der Übelkeit stieg in ihr hoch. Gemeinsam mit der unbändigen Wut, die sie seit dem Kontakt in der engen Gasse in sich trug.

Ein älterer Herr kam auf die beiden zu. „Nun lassen Sie es doch gut sein", wies er den aufgebrachten Passanten an. „Sie sehen doch, dass die Frau völlig aufgelöst ist."

„Pah, die hat Drogen genommen."

„Das wissen Sie so genau, weil Sie es kennen?"

Pikiert starrte der Mann den Alten an. Er drehte an dem fetten Klunker an seiner Hand, der über drei Finger reichte. Er zeigte den Schriftzug „Fuck".

„Nehmen Sie das Geld und gehen Sie einfach. Ich mache das hier sauber."

Der Typ riss Natalie den Geldschein aus der Hand und spuckte vor ihre Füße. Im Vorbeigehen flüsterte er ihr zu: „Vielleicht ein bisschen weniger Drogen, ansonsten bist du eine heiße Schnecke." Grinsend fasste er sich an den Schritt.

„Verschwinden Sie jetzt oder ich rufe die Polizei, Sie Widerling." Der alte Mann bückte sich, hob die Glasscherben auf und brachte sie in den Mülleimer. Als er zurückkam, stand Natalie noch immer wie angewurzelt auf der Stelle.

Sie zitterte am ganzen Leib, das Tagebuch fest an ihre Brust gedrückt. Natalie weinte weiterhin, war wie in Trance. Ihre Mascara war über das ganze Gesicht verschmiert.

„Meine Güte, Sie sind ja völlig fertig, Mädchen." Der Greis musterte sie. Er zog seine Jacke aus, hing sie über Natalies Schultern. „Kann ich Ihnen helfen? Soll ich die Polizei holen?"

Abrupt schaute Natalie auf. Die Menschenmenge um sie herum bereitete ihr Unbehagen. „Nein, nein. Auf keinen Fall"

„Sie sehen aber aus, als wäre Ihnen etwas ganz Schreckliches zugestoßen."

Natalie wischte sich die Augen trocken. Räusperte sich, drückte die Schultern nach hinten, um gerader zu stehen. Sie nahm die Jacke von ihren Schultern und reichte sie dem Mann. „Ich danke Ihnen für Ihre Hilfe. Ich hatte nur einen Streit mit meinem Exmann. Es ist alles in Ordnung."

„Hat er Ihnen etwas getan, dieser Mistkerl?" Die Mimik des alten Herrn verzog sich zu einer wütenden Grimasse. Bereit, die junge Frau zu verteidigen.

Meinen Sohn getötet. Andere Kinder getötet. Mich belogen. Natalie hätte hunderte Antworten darauf, behielt sie jedoch für sich. „Nein, ich habe mich nur furchtbar aufgeregt. Vielen Dank. Dort vorn steht mein Auto. Ich fahre erstmal nach Hause."

„Sollten wir nicht doch lieber die Polizei rufen? Ich kenne mich aus mit solchen Leuten. Meine Tochter, die …"

„Es ist nicht nötig", sagte Natalie in strengerem Ton, damit er sie in Ruhe ließ. „Er hat nichts Schlimmes getan. Ich reagiere nur immer viel zu sensibel."

Der Mann nickte traurig. Als spüre er, was für ein Schmerz in ihr tobte.

Natalie verabschiedete sich.

Beim Weggehen hörte sie den Mann zu einer anderen Frau sagen: „Das sagen sie immer, die Opfer. Bei meiner Tochter war es dann irgendwann zu spät. Er hat sie eiskalt abgestochen."

Auf dem Weg zum Auto tauchten wieder die Bilder von Jacob auf. Sein Gesicht, sein Gang. Natalie würgte.

Sie hastete zu ihrem Auto, schmiss sich auf den Sitz und atmete tief durch. Wütend schlug sie auf das Lenkrad. Im Rückspiegel betrachtete sie ihr mascarabeschmiertes Gesicht. Sie leckte den Daumen feucht. Versuchte die schwarze Tusche abzurubbeln, was hässliche rote Flecken zurückließ. Das Tagebuch lag auf ihrem Schoß. Sie strich mit der Hand darüber.

Sie schaltete das Handy ein. Diesmal hoffte sie, dass Alex sich gemeldet hatte. Sie brauchte ihn. Seine Stimme. Erleichtert lehnte sie sich in den Sitz, als sie seinen Namen sah. Sie hörte die Nachricht ab. Er klang verzweifelt. Aufmerksam hörte Natalie an, was Alex zu sagen hatte. Es waren Informationen, die ihr das Adrenalin durch den Körper pumpten. Mit zitternder Hand drehte sie den Schlüssel im Zündschloss herum. Dreimal würgte sie das Auto ab. Stumm liefen die Tränen an Natalies Wange hinab. Sie spürte, dass das ganze Drama nun seinen Showdown bekommen würde.

18

6. Januar 2017, Chicago

Seine Augen starrten an die Decke, obgleich in der Dunkelheit nichts zu erkennen war. Sein Kopf schmerzte, weil seine Augen krampfhaft versuchten, etwas zu sehen. Allmählich drückte sich die Sonne durch den Spalt des Vorhanges. Alex griff nach seinem Handy. Abermals las er die Nachricht von Natalie. Am späten Abend hatte sie sich gemeldet. Hatte geschrieben, dass sie auf dem Rückweg war. Und, dass sie dringend mit ihm reden musste. Zum wiederholten Male versuchte er, zwischen den Zeilen zu lesen. Was wollte sie besprechen? Alex rollte sich vom Bett. Er zog den Vorhang auf und wurde vom glitzernden Schnee geblendet. Nachdem die Augen stundenlang in die Dunkelheit gestarrt hatten, war es nun schwer, sich an die Helligkeit zu gewöhnen.

Der Ermittler wankte in die Küche, warf eine Aspirin in ein Glas Wasser. Sein Kopf brummte. Er trank das Wasser in einem Zug. Ohne hinzuschauen, stellte er das Glas zurück, verfehlte jedoch die Arbeitsfläche. Das Glas landete auf seinem großen Zeh, bevor es auf dem Boden in Einzelteile zersprang.

„Mist, verflucht." Alex sprang auf einem Bein. Sein Zeh pochte. Als er den Fuß abstellen wollte, trat er in eine der Glasscherben. Sein Schmerzensschrei hallte durch die ruhige Morgenstunde. Er befürchtete, ganz West Springs geweckt zu haben. Er schob den Vorhang des Küchenfensters ein Stück zur Seite. Als hätte er etwas Verbotenes getan, lugte er hinaus. Ein wahnsinniger Schreck durchfuhr seinen Körper. Das Klingeln seines Handys. Er riss die Gardine schnell zu und lachte im selben Augenblick über sich selbst, wie hirnrissig er sich gerade benahm. Wie ein Gejagter, der sich vor der Mafia und dem Drogenkartell gleichzeitig verstecken würde. Nach dem fünften Klingeln nahm er das Gespräch an.

„Guten Morgen, Chef. Bist du schon aufnahmefähig?"

„Wenn du etwas für mich hast, liebe Anna, das uns zum Mörder von Marc Bown führt, dann ja."

„Leider nicht. Doch mir lastet etwas auf der Seele. Ich habe diese Nacht nicht geschlafen. Ich muss es einfach loswerden."

Alex beschlich ein ungutes Gefühl. Anna Hall hatte am Vortag schon so merkwürdig reagiert. „Dann sind wir schon zwei."

„Wie bitte?"

„Dann sind wir schon zwei", wiederholte Alex seine Worte. „Ich habe auch nicht geschlafen."

„Oh, das meinst du. Ja, ich weiß nicht, wie ich es sagen soll. Aber der Fall, er macht mir Kopfzerbrechen."

„Das geht mir ähnlich."

„Alex, würdest du mich bitte aussprechen lassen?" Ihre Stimme klang verärgert.

„Entschuldige." Er spürte, dass es für seine Kollegin wichtig war. „Also, schieß los."

„Ich weiß, du liebst Natalie."

Alex' Wangen glühten. Er hüstelte.

„Aber mein Gefühl sagt mir, dass Natalie irgendwie in dem Fall mit drin hängt."

Da war es, das merkwürdige Gefühl, das seit einem Tag ununterbrochen an ihm nagte, sich einen Weg nach oben suchte. Nun war es geschafft. Alex hatte sich nicht erlaubt, diesem Gedanken Raum zu bieten. „Was soll der Blödsinn, Anna? Was soll sie denn damit zu tun haben?" Natalies Mail kam ihm in den Sinn. *Ich muss unbedingt mit dir reden!* Er schüttelte heftig mit dem Kopf.

„Schwachsinn. Sie hat sich nur eine Auszeit genommen. Sie hat sich gemeldet und ist schon auf dem Rückweg."

„Wir wissen beide, dass es keine Auszeit vom Job war. Es ist wirklich übel, was sie erfahren hat, aber wir kennen sie beide gut. Sie neigt zu unüberlegten Handlungen, wenn sie wütend ist."

„Anna, sie ist eine hervorragende FBI-Agentin. Sie tötet keine Kinder."

„Es geht ihr nicht um die Kinder. Es geht ihr um Jacob. Sie will sich an ihm rächen. Das versteht sich ja auch von allein."

„Und dann bringt sie Kinder um? Ich bitte dich. Du bist ihre Freundin."

„Eben, ich kenne sie. Sie würde alles tun, um an ihn heranzukommen."

„Ich bin sprachlos." Alex schloss die Augen. *Ich muss unbedingt mit dir reden.* Wollte sie ihm etwas beichten? Nein. Sie hat diesen Jungen nicht getötet.

„Es ist dieses Gefühl. Irgendetwas stimmt da nicht. Vielleicht steckt sie ja nicht allein dahinter. Aber findest du es nicht merkwürdig, dass sie ausgerechnet jetzt zurückkommt? Wo diese Leiche mit Botschaft gefunden wurde?"

„Anna, ich glaube das nicht. Pass auf, lass mich jetzt erstmal tief durchatmen. Ich muss duschen. Wir sehen uns gleich im Büro." Alex legte auf.

So sehr er sich von diesem Gefühl befreien wollte, es gelang ihm nicht. Im Grunde plagten ihn die gleichen Sorgen. Natalie war in ihrer Wut abgehauen. Und er wusste, sie war zu allem fähig, wenn es um ihren Sohn ging.

Alex humpelte ins Badezimmer und stellte sich unter die Dusche. Er beobachtete das blutige Rinnsal, der in kreisenden Bewegungen auf den Abfluss zusteuerte. Das heiße Wasser prasselte auf seine muskulösen Schultern. Im Hintergrund hörte er sein klingelndes Handy. Er schloss die Augen, ließ das Wasser in sein Gesicht klatschen. Wollte sich aus der Welt beamen. Das Klingeln verstummte und ertönte Sekunden später erneut. Er drehte das Wasser ab. Reglos verharrte er in der Duschkabine. Seine Stirn klebte an der Duschwand. Wieder klingelte das Telefon. Alex stieg aus der Duschwanne. Seine Fußsohle brannte. Nass und nackt lief er in die Küche. Sein Herz überschlug sich, als er Natalies Namen las. Unter ihm sammelte sich eine Pfütze. Er atmete tief ein, dann nahm er den Anruf entgegen.

„Habe ich dich geweckt?"

„Sehr witzig, Natalie. Im Gegensatz zu dir habe ich mir keine Auszeit genommen." Er wollte nicht so schroff klingen, doch ihr Verhalten verärgerte ihn noch immer.

„Es tut mir leid. Ich konnte dir nichts sagen."

„Warum nicht?" Hinzu kam der quälende Gedanke, dass sie etwas mit dem Fall zu tun haben könnte. „Glaubst du, ich kann dich jedes Mal aus der Scheiße ziehen?"

„Nein, natürlich nicht. Ich stehe für alle Konsequenzen gerade. Ich weiß, dass es nicht richtig war."

„Du hast dein Team hängen lassen. Es ist deine Familie, sie stehen immer hinter dir. Standen. Wir haben immer alles für dich getan. Sind durch die Hölle gegangen, als du um dein Leben gekämpft hast, als du gesoffen hast." Alex brach abrupt ab.

Natalie schwieg.

Er hörte ihren schweren Atem. Seine Worte versetzten ihm einen Stich. Doch er war nicht in der Lage, sich dafür zu entschuldigen.

„Bist du dann fertig?" Ihre Stimme zitterte.

„Dir sind so einige Dinge entgangen, bei deinem kleinen Urlaub. Ich habe die Stelle von Iceman angenommen."

Schweigen.

„Wo warst du?"

„Du hast den Brief gefunden? Von Jacob?"

„Das beantwortet nicht meine Frage."

„Alex, bitte. Ich brauchte Ruhe. Er hat Liam getötet. Ich habe es in diesem Haus nicht mehr ausgehalten. Ich brauchte frische Luft."

„Dann hättest du den ganz offiziellen Weg gehen können. Niemand hätte dir unter diesen Umständen den Urlaub verwehrt. Also … wo … warst du?"

Natalie schwieg.

Wut bebte in seinem Körper. „Du hast ihn gejagt, stimmt's?"

Er bekam wieder keine Antwort.

„Also gut, Natalie. Ich bin sicher, dass du bis zum Hals in Schwierigkeiten steckst. Aber wenn du meinst, dich ausschweigen zu wollen, dann bitte. Aber glaube nicht, dass ich dich da raushole."

„Wenn du dann endlich fertig bist. Ich habe dir etwas zu sagen. Es könnte durchaus hilfreich für euren Fall sein."

Alex stutzte. Sie umging das Thema. Genauso gut wusste er jedoch, dass es bei ihr keinen Sinn hatte, weiter zu bohren. Natalie war stur.

Als er nicht reagierte, fuhr sie fort. „Ich war in Bronxville."

Alex war nicht verwundert.

„Ich war in dem Kinderheim, in dem Jacob aufgewachsen ist. Dort habe ich sein altes Tagebuch gefunden. Er hat einen Jungen gequält. Tagelang eingesperrt und gefoltert."

„Warum glaubst du, hat das was mit dem Fall zu tun?"

„Ich könnte falsch liegen. Aber als du die Figur beschrieben hast, kam mir sofort der Junge, den Jacob gefangen hielt, in den Kopf. Er hatte ihn im Keller des Heimes versteckt und ihm den Mund zugehalten, wenn er anfing zu schreien."

Alexander ließ sich die Worte durch den Kopf gehen.

„Vielleicht sinnt der Junge von damals nach Rache."

„Komm mit dem Tagebuch ins Büro. Wir treffen uns in einer Stunde." Alexander legte auf. Sein Herz raste. Es war eine Möglichkeit. Eine andere Spur hatten sie nicht. Genauso gut konnte es ein Zufall sein. Es war kein Geheimnis mehr, dass Jacob Bennett ein Arschloch war. Und Alex wunderte die Tatsache kein bisschen, dass er schon in der Kindheit eines gewesen war.

Eine dreiviertel Stunde später saß er wieder an dem ovalen Holztisch. Alle außer Natalie waren versammelt. Alexander erklärte den Kollegen, dass Simmerman bestätigt hatte, dass Marc Bown qualvoll erstickt war. Ebenso erzählte er von Natalies Fund.

„Das bestätigt nur meine Vermutung", erwiderte Anna.

Alex bedachte sie mit einem Blick, der das restliche Team aufhorchen ließ.

„Was meinst du damit?", fragte Aiden King.

Anna schaute Alex an. Als er nicht reagierte, seufzte sie lautstark. Sie stand auf, stellte sich ans Fenster und blickte auf die Menschenmassen auf der West-Roosevelt-Road. „Mag sein, dass ich mit dem Gefühl allein dastehe. Doch ich habe heute bei Alex zu Bedenken gegeben, dass Natalie nicht ganz unschuldig an dem Fall sein könnte."

Schweigen. Alle Augen richteten sich auf ihren Rücken.

„Sie ist in einem Ausnahmezustand. Natalie handelt immer überstürzt. Sie wird von Wut geleitet und will sich an Jacob Bennett rächen. Und weil sie ihn nicht gefunden hat …"

Herb sprang von seinem Stuhl auf. „Bist du bescheuert? Du willst damit sagen, sie hat den Jungen getötet und uns die Botschaft zukommen lassen?" Herb stierte Alex an. Mit offenem Mund wartete er auf eine Reaktion. „Das ziehst du doch nicht wirklich in Betracht. Oder, Alex?"

Alex hielt den Blick starr auf den Tisch. Seine Wangen glühten.

„Ich sage ja nicht, dass sie selbst den Jungen ermordet hat", fuhr Anna fort, „Und jetzt, wo Alex von dem Tagebuch sprach: Nur sie kennt den Inhalt."

„Du bist von allen guten Geistern verlassen, Anna Hall. Was bist du für eine Freundin?", empörte sich Herb.

Anna blickte traurig drein. „Dass du nur deine Natalie siehst, ist klar." Ihre Augen wurden feucht. „Die liebe Natalie würde so etwas nie tun."

„Würde sie auch nicht. Natalie ist wie meine Tochter. Ich würde meine Hand für sie ins Feuer legen."

„Ach ja? Und warum kommt sie ausgerechnet jetzt zurück? Jetzt, wo man die Leiche gefunden hat?"

„Weil Alex sie gebeten hat. Weil wir sie brauchen."

„Wir kommen auch gut ohne sie zurecht."

Herbs Gesicht lief rot an. „Was stimmt nicht mit dir?" Er schlug eine Faust auf den Tisch, sodass Mitchell hochschreckte.

„Herb, lass gut sein." Die Stimme kam von der Tür und klang so zart, dass man das Gefühl bekam, sie würde gleich in Tränen ersticken. Alle drehten sich erschrocken zur Tür. Natalie stand an den Rahmen gelehnt. In der rechten Hand umklammerte sie das Tagebuch, als müsse sie sich daran festhalten.

Anna stand mit hängender Kinnlade da.

„Natalie, schön dich zu sehen." Herb ging auf sie zu und umarmte sie. „Ich weiß nicht, was gerade hier abgeht, aber ich denke, ein Kaffee würde jetzt allen guttun." Dann drehte er sich zu Anna und warf ihr einen scharfen Blick zu. „Vielleicht öffnest du das Fenster. Ein bisschen frische Luft soll wahre Wunder bewirken."

Alexander saß reglos am Tisch, kreiste einen Daumen um den anderen. Er war gewillt aufzustehen, Natalie zu umarmen, doch etwas hielt ihn auf dem Stuhl. In seinem Kopf schwirrte es. Das Aspirin hatte seine Wirkung verloren. Gleich würde die nächste Schmerzwelle anfangen.

„Ich wollte nur das Tagebuch bringen. Ich denke, es ist besser, wenn ich jetzt wieder gehe." Sie küsste Herb auf die Wange. „Komm heute Nachmittag einfach auf einen Kaffee bei mir vorbei." Dann schmiss sie das Tagebuch auf den Schreibtisch und kehrte ihrem Team den Rücken zu.

Alexanders Handy klingelte. Natalie war noch nicht am Fahrstuhl, als er brüllte: „Natalie, warte!"

Das gesamte Team hielt inne.

„Wir haben eine neue Leiche."

19

Sommer 1992

Durch einen kleinen Schlitz des Vorhangs, der an dem schmalen Fenster des Kellers hing, schimmerte ein dünner Lichtstrahl. Auf seiner Kehle spürte er einen Druck. Hielt Jay ihm immer noch die Kehle zu? Chuck blinzelte. Seine Körperteile lagen reglos auf der verdreckten Matratze. Er konnte sie nicht spüren, als würden sie nicht zu ihm gehören. *Bin ich tot? Ich muss tot sein! Ich habe das Licht gesehen.* Chuck erinnerte sich an die Wärme, an dieses Gefühl, das ihm gefallen hatte, als er das Bewusstsein verloren hatte. Sein Vater war vor ihm aufgetaucht. Hatte seine Stirn gestreichelt. Chuck hatte immer ein Foto von ihm bei sich gehabt, damit er nie vergessen würde, wie er ausgesehen hatte. Der Schmerz in seiner Brust traf ihn mit voller Wucht, als er an seinen leiblichen Vater zurückdachte. Nie würde er die Bilder vergessen können, als er nach dem Unfall auf dem Boden lag, ihn anlächelte und dann einfach einschlief, ohne je wieder aufzuwachen. Der Druck auf seiner Kehle verstärkte sich wieder, nur dieses Mal war es der Kloß in seinem Hals. An dem Tag, an dem sein Vater gestorben war, hatte für ihn der Albtraum begonnen.

Stück für Stück kamen die Erinnerungen zurück. An das, was in dieser Nacht geschehen war. Nach und nach fühlte er ein Kribbeln in seinen Fingerspitzen. Es wanderte die Arme hinauf, verbreitete sich im Körper. Er spürte, wie das Gefühl in seine Beine zurückkam. Der Junge nahm einen merkwürdigen Geruch wahr. Je mehr er versuchte, ihn zu deuten, desto schlimmer und ekliger wurde er. Zeitgleich schoss ein unerträglicher Schmerz in sein Bein, das er sich am Zaun aufgerissen hatte. Er zog die Decke zur Seite, sein Gesicht zu einer schmerzerfüllten Grimasse gezogen. Der Verband, den Jay um die Verletzung gebunden hatte, war durchtränkt mit einer gelben Flüssigkeit. Chuck hielt sich das Bein, kniff die Augen zusammen, während er den Verband abzog. Er klebte an der Wunde. Der eitrige Geruch ließ das Kind würgen. Sein Bein war angeschwollen und heiß. Beim Anblick der infizierten Wunde tanzten Sterne vor seinen Augen.

Chuck legte sich zurück, starrte an die Wand. Warum war er nicht tot? Er hatte doch genau gespürt, wie sich seine Seele aus dem Körper geschlängelt hatte. Sie hatte auf seinen entseelten Körper herabgeschaut. Hatte die Freiheit gespürt. Warum steckte sie wieder in diesem Körper? Die Vorstellung, dass er weiter leben musste, machte ihn plötzlich trübselig.

Oben öffnete sich die Tür. Eigentlich musste er sich verstecken, doch seine Kraft ließ es nicht zu, schnell aufzuspringen. Sein Bein konnte er ohnehin nicht bewegen. Es war ihm egal, ob ihn jemand finden würde. Alles war besser, als auf Jay zu treffen.

„Hast du endlich ausgeschlafen?" Jay kam grinsend die Treppe hinunter. Dabei strahlte er eine derartige Arroganz aus, dass Chuck mittlerweile sauer wurde. Seine dunklen Augen lachten höhnisch.

Chuck setzte sich auf.

„Ich dachte schon, du würdest verrecken."

Wortlos starrte Chuck den großen Jungen an. Erneut wünschte er sich, er wäre nie wieder aufgewacht.

„Du sahst aus wie tot. Das hat mich fasziniert. Ich habe dir gern beim Sterben zugesehen. Schade, dass es nicht geklappt hat." Jay lachte so laut, dass Chucks Blut in den Adern gefror. „Fast zwei Tage hast du geschlafen. Du musst hungrig sein."

Chuck schüttelte den Kopf. Er hatte keinen Appetit. In seinem Bein pochte es. Er schüttelte sich vor Kälte.

„Hast du von deinen Eltern geträumt?"

„Ich ... ich habe nichts geträumt. Ich dachte, ich wäre tot."

„Du hast es ... gespürt?"

Chuck nickte.

„Wie hat es sich angefühlt?"

„Ich weiß nicht. Schön. Es war irgendwie ... befreiend."

Jay grinste, leckte sich die Lippen. Dann rümpfte er die Nase. „Was stinkt hier eigentlich so widerlich?"

Chuck schielte auf sein Bein, traute sich aber nichts zu sagen.

Jay riss die Decke runter.

Chuck fuhr vor Schmerz zusammen.

Zufrieden lächelnd musterte Jay die Wunde. „Sie hat sich entzündet. Weißt du, was das bedeutet?"

Chuck schüttelte den Kopf, obwohl er es sich denken konnte. Seine Lippen presste er zusammen, schluckte den Kloß hinunter, der bei dem Versuch seine Tränen zu verhindern, in seiner Kehle brannte. Ein leises Wimmern entfuhr aus seinem Mund, als Jay mit seinen Fingern die Wunde nachzeichnete. Der Schmerz zog bis in seinen Unterleib. Ihm wurde schwindlig.

„Daran kannst du sterben. Die Bakterien werden sich in deinem ganzen Blut verteilen. Du wirst vergiften, wenn man sie nicht bald behandelt. Aber vorher wirst du noch ein paar Aufgaben für mich erfüllen."

Chuck konnte seine Tränen nicht mehr unterdrücken. Seine Panik stieg ins Unermessliche. Er weitete die Augen, als Jay mit seiner ganzen Hand die Wunde umgriff und zudrückte. Der Schmerz jagte durch seinen gesamten Körper. Chuck beugte sich nach vorn, übergab sich.

Aus der Wunde quoll der Eiter, lief zwischen Jays Fingern hindurch. Grinsend saß Jay auf der Matratze, ergötzte sich am Schmerz des Jungen.

Chuck wollte losschreien, verkniff es sich aber. Oben öffnete sich die Tür. Erschrocken sprang Jay auf, zerrte Chuck mit sich in die Ecke und versteckte sich mit ihm hinter einem Schrank. Chuck dachte darüber nach, auf sich aufmerksam zu machen. Aber eine drohende Geste Jays verwarf seinen Gedanken sofort. Oben hörte er zwei Kinder flüstern.

„Ich habe etwas gehört."

„Bist du sicher?", fragte die andere Stimme.

„Ganz sicher. Etwas hat gelacht."

„Was hat gelacht?"

„Es war unheimlich. Vielleicht ein Geist."

Jay lachte stumm in sich hinein.

„Ich will nicht da runter."

„Du bist ein Feigling. Komm, wir schauen nach, was dort unten ist."

„Nein, du hast dich bestimmt geirrt."

Dann ertönte eine strenge männliche Stimme. Chuck schöpfte Hoffnung. „Was macht ihr zwei da? Ihr wisst doch ganz genau, dass ihr nicht in die Kellerräume gehen dürft."

Dann wurde die Tür geschlossen. Stille. Niemand kam die Treppe nach unten. Noch hoffte Chuck, dass die Kinder dem Mann von dem unheimlichen Lachen erzählen würden, er nachschauen würde. Doch niemand kam.

„Das war knapp. Hast du das gehört? Sie fanden mein Lachen unheimlich. Das gefällt mir."

Chuck humpelte zurück auf die Matratze. „Was für eine Aufgabe muss ich für dich erfüllen?"

„Oh, du bist neugierig. Es scheint mir, als würdest du darauf warten, dass du schnell sterben kannst."

Chuck antwortete nicht, doch genau das war es, was er sich wünschte. Er hoffte, dass ihn Jay zurücklassen würde, wenn er die Aufgabe erfüllt hatte. Und er endlich in Ruhe sterben könnte. Sein Schüttelfrost wurde schlimmer.

„Okay, dann will ich dir sagen, was du tun musst. Du wirst jemanden für mich umbringen."

Entsetzt starrte Chuck den Teenager an. Hatte er das ernst gemeint? „Das mache ich nicht!"

„Oh, doch. Das wirst du. Ich werde dir keine andere Wahl lassen. Ich werde dich so lange quälen, bis du getötet hast."

„Ich kann keinen Menschen töten." Sein Gesicht lief hochrot an, als Jay ihn eindringlich beobachtete.

„Das halte ich für ein Gerücht. Im Grunde ist jeder dazu in der Lage."

Chuck runzelte die Stirn. In seiner Magengegend zog sich alles zusammen. „Dann mach es doch selber."

Der Sechzehnjährige betrachtete ihn ein paar Sekunden schweigend, dann fuhr er fort, ohne darauf zu reagieren. „Ich werde dich heute Nacht an den Ort bringen, an dem die Person ist, die du töten sollst. Schlaf noch etwas, um dich zu stärken. Es ist keine einfache Person. Du musst schnell sein."

Chuck sprang auf. „Nein, ich werde niemanden umbringen!" Die Worte waren kaum ausgesprochen, als er nach hinten kippte und auf die Matratze zurückfiel.

Jay packte ihn an den Haaren. Riss ihn hoch. Er kam mit seinem Gesicht nah an seines, sodass sich ihre Nasen fast berührten. Er musste nichts sagen.

Chuck wusste, dass er keinerlei Chance hatte, da herauszukommen.

Jay zerrte ihn hinter sich her in die Mitte des Raumes. Dort hing ein langes Seil, das an der Decke an einem Karabinerhaken befestigt war. Der Junge band das Seil um Chucks Hals. Dann zog er es hoch, bis die Füße des Jungen kurz über dem Boden schwebten.

Chuck ruderte mit Armen und Beinen, die Augen vor Panik aufgerissen.

Jay verschränkte seine Arme vor dem Bauch, beobachtete die Panik des Jungen berauscht. Kurz bevor Chuck das Bewusstsein verlor, ließ er das Seil ab.

Chuck zerrte an dem Band um seinen Hals. Hustete, rang nach Luft. Er schaute zu Jay. Flehend, bettelnd.

Kaum hatte sich seine Atmung etwas beruhigt, zog Jay das Seil wieder nach oben. Erneut wand sich der Junge, drehte sich im Kreis.

„Es sieht lustig aus", verhöhnte ihn Jay lachend. „Ich werde es so lange machen, bis du mir gehorchst." Er ließ von ihm ab.

Chuck stand hilflos vor dem hochgewachsenen Jungen. „Warum soll ich diese Person töten?" Sein Gesicht war tränennass.

„Ich habe dir geholfen, jetzt hilfst du mir."

„Ich habe deine Hilfe nicht gewollt." Chuck schluchzte.

„Stell dich nicht so blöd an. Du wirst sie töten."

Chuck schluckte. Dann brach er zusammen. Sein Körper bebte, als er weinend zu Boden sank. Seine Augen versteckte er in seinen Händen. Kniend flehte er: „Ich möchte das nicht tun. Bitte lass mich laufen. Bitte."

Jays Gesichtsausdruck verfinsterte sich. „Du wirst es tun. Sonst verrate ich der ganzen Welt, wer du wirklich bist."

20

6. Januar 2017, Chicago

„Sie haben vor dem Mercy eine Figur gefunden." Alex hastete die Treppen hinunter. „Hört sich nach unserem Täter an."

Natalie, Herb und King folgten ihm. Natalie war mulmig zumute, doch Herb hatte darauf bestanden, dass sie mit zum Tatort fahren solle. Alex hatte nichts dagegen einzuwenden gehabt.

„Wer hat … sie gefunden?" Herb hatte Schwierigkeiten, beim Laufen zu reden.

„Ausgerechnet einer von der Presse."

„Ganz toll, das ist der Supergau."

Die Ermittler sprangen ins Auto. Noch ehe alle saßen, startete Alex den Motor. Kaum waren alle Türen geschlossen, raste er los.

Auf der South-Central-Park-Avenue musste er an einem Fußgängerüberweg stark bremsen, weil gerade eine Schar Kinder aus dem Schulbus gestiegen war. Als die Bremsen quietschten, blieben einige Passanten stehen und starrten mit herunterhängender Kinnlade. Einige der Erwachsenen schüttelten verständnislos den Kopf. Ein Herr mit Gehstock tippte mit dem Finger an die Stirn. Alex winkte mit der Hand, dass sie weitergehen sollten. Die Kinder rannten los. Auf der Interstate Richtung Indiana verdichtete sich der Verkehr. Alex schaltete die Sirenen ein. Natalie hielt sich am Dachgriff fest. Herbs Hand griff nach ihrer. Er zwinkerte ihr zu. Es war der Versuch einer Aufmunterung.

Doch es half nicht. Natalies Augen waren von dunklen Rändern gezeichnet. Sie hatte in der Nacht kein Auge zugetan. Ihr war klar, dass sie ihre Kollegen verärgert hatte. Doch die Worte ihrer Freundin Anna brannten auf ihrer Seele. Keiner hatte gewusst, wo sie war. Doch jeder konnte es sich denken. Natalie sah aus dem Fenster. Ihre Augen füllten sich mit Tränen. Häuser, Bäume und Autos rasten an ihr vorbei, was einen Würgereiz bei ihr auslöste. Die schlaflose Nacht zeigte ihre Wirkung. Ihr Kopf dröhnte und ihre Augen brannten. Als sie in der South-Michigan-Avenue ankamen, schien der Ort friedlich. Es war kaum jemand auf der Straße zu sehen. Die ersten Lichter in den Häusern gingen an. Die Menschen erwachten, bereiteten sich auf ihren Tag vor. Für sie Normalität. Etwas, das für Natalie vor mehr als zwei Jahren zusammenbrach. Seitdem war nichts mehr normal. Seitdem strahlte ihr Familienhaus nur noch nach außen eine liebevolle Idylle aus. Im Haus herrschte Trauer, Wut und Einsamkeit.

Alexander schaltete das Radio an. *Im Mercy-Hospital wurde in den frühen Morgenstunden eine weitere Leiche gefunden.* Alexander schlug mit der Faust auf das Lenkrad. Und traf dabei auf die Hupe.

Natalie zuckte zusammen.

„Diese verdammten Presseheinis gehen mir gewaltig auf den Sack."

King schlug Alex auf die Schulter. „Ich kann sie mir vornehmen, wenn du willst."

„Ich bin dabei", erwiderte Herb.

„Du solltest dich erst einmal erholen. Du dampfst wie eine Lok." Aiden lachte, doch niemand stimmte ein.

Natalie beobachtete das blasse Gesicht ihres Partners. Herb kam mit seinen merkwürdigen Witzen nicht gut an, doch er war ein herzensguter Mensch. Er hatte wirklich abgebaut und Natalie wusste, dass er krank war.

„Hast schwer abgebaut die letzten Wochen", stichelte Aiden weiter.

Das höhnische Lachen versetzte Natalie einen Stich. „Es reicht, King!"

Sie sah, wie Herb seinen Blick senkte. Als er ihre Blicke spürte, setzte er ein Lächeln auf, doch Natalie erkannte in seinen Augen die Angst und Verzweiflung. Sie würde später mit ihm darüber sprechen. Würde für ihn da sein. Als Freundin.

„Meine Güte, es war nur ein Spaß."

Herb setzte sich aufrecht hin. Er wischte sich mit dem Handrücken den Schweiß von der Stirn. „Komm du erstmal in mein Alter, King. Dann reden wir weiter. Mit deiner großen Fresse lebst du ständig in Gefahr, dieses nicht zu erreichen."

King schnaubte.

Alexander schwieg die ganze Zeit.

Als die Sonderermittler am Mercy ankamen, trafen sie auf einen großen Tumult vor der Klinik. Die State-Police hatte Mühe, die Presse im Zaum zu halten. Natalie erkannte die Figur von weitem. Zwei Beamte standen davor und bewachten sie. Mit Sicherheit war es bereits zu spät, um Fotos des Opfers zu verhindern. Alex parkte den Wagen mitten auf der Straße und sprang aus dem Auto. Die Tür knallte mit Wucht zu, sodass das gesamte Auto wackelte.

Natalie benötigte einen Augenblick, ehe sie ausstieg.

„Er wird sich wieder beruhigen."

Natalie schmunzelte Herb an. Dann stieg sie aus.

Die Presse rief Alexanders Namen, stellte Fragen. Die Ermittler drängelten sich durch die Menschenmasse.

Natalie spürte das Blitzlichtgewitter in ihrem Nacken.

Plötzlich packte jemand Natalies Arm. „Hatten Sie einen schönen Urlaub, Agent Bennett?"

Natalie lief ein Schauer den Rücken hinunter. Iceman, ihr ehemaliger Vorgesetzter. Was wusste er? Durch ihn hatte sie von den Kindern erfahren, die Jacob getötet hatte. Sie hasste Iceman. „Danke, ja. Herzlichen Glückwunsch zu Ihrer Beförderung."

„Danke. Wie kommen Sie zurecht?"

Natalie suchte den Blick von Alex, der noch nicht mitbekommen zu haben schien, dass der stellvertretende Director am Tatort aufgetaucht war. Sie schwitzte. Die Worte klangen scharf. Hatte Alex ihm von seinem Verdacht erzählt? Wusste er, dass Jacob Bennett auch ihren Sohn getötet hatte?

„Iceman? Was machen Sie hier?"

Natalie atmete erleichtert aus, als sie Alex' Stimme hörte.

„Ich wurde vom Director unterrichtet, was in der Stadt abgeht. Eigentlich war ich gerade auf dem Weg zu Ihnen ins Büro, als mich die Nachricht erreichte. Warum wusste ich noch nichts davon?"

„Wir sind noch nicht davon ausgegangen, dass es eine zweite Leiche geben wird. Ich hätte Sie heute informiert."

„Sie machen jetzt Ihre Arbeit. Ich halte mich im Hintergrund. Danach möchte ich alles wissen."

Alex nickte.

Natalie erkannte an seiner Mimik, dass ihm das nicht passte.

Als sie an der Figur ankamen, setzte Natalies Herz aus. Simmerman hatte die Maske bereits abgelegt. Natalie schluckte. Zeilen aus dem Tagebuch kamen ihr in den Sinn.

Dieser kleine Dreckskerl hatte wirklich gedacht, er könnte abhauen. Ich habe ihm gezeigt, dass er keine Chance hat, mir zu entkommen. Sein Gesichtsausdruck, als er die Tür öffnete. Und mich davor stehen sah. Diese Panik in seinen Augen, sie hat mich fasziniert. Ich habe ihm einen Schubs gegeben und er ist postwendend die Treppe hinuntergestürzt.

Neben dem Klinikum stand eine aus Beton gegossene Treppe mit fünf Stufen. Darauf war die Leiche drapiert. Es sah aus, als falle ein Kind die Treppe hinunter. Gehalten wurde der Körper mit zwei Pfählen, an denen der Körper festgebunden war.

„Das ist Jeremy Bolton, sechszehn Jahre. Er verschwand heute Nacht aus dem Mercy. Gleiche Vorgehensweise. Das Gesicht steckte hinter der Maske. Er ist mit neunzigprozentiger Wahrscheinlichkeit ebenso erstickt. Seine rechte

Hand ist in die Treppe einbetoniert. Ich vermute, es soll der Stabilität dienen."

„Was ist das für ein kranker Spinner?"

Simmerman schaute Herb in die Augen. „Ausnahmsweise gebe ich dir recht. Er ist ein kranker Spinner."

„Todeszeitpunkt?", fragte Alex. Sein Kehlkopf hüpfte hoch und runter.

„Irgendwann in den Morgenstunden. Wie bei Marc Bown."

„Danke, Simmerman. Wie lange brauchen Sie hier noch?"

„Es wird andauern. Es ist nicht einfach, den Leichnam aus dieser Stellung zu bekommen."

Alexander wandte sich an die Beamten der State-Police. „Wo ist der Typ, der die Figur gefunden hat?"

Ein junger Polizist zeigte in die Richtung, in der ein Journalist stand.

„Es ist wie in dem Tagebuch geschrieben." Natalie starrte auf den Jungen. „Dieser Treppensturz. Das hat Jacob so beschrieben." Ihre Lippen brannten vor Trockenheit. Sie befeuchtete sie mit der Zunge.

„Im Übrigen", mischte sich Simmerman noch einmal ein, „die Leiche hatte die gleiche Botschaft in der Hand. Irgendjemand will diesen Jacob Bennett unbedingt tot sehen." Er räusperte sich, als er zu Natalie schaute. Als hätte er nichts gesagt, fuhr er mit der Arbeit fort.

Alle Blicke ruhten auf Natalie.

King brach das Schweigen als Erstes. „Natalie, hast du was damit zu tun? Ich meine, du hast einen Grund, ihn tot sehen zu wollen."

Herb hastete auf Aiden zu und packte ihn an der Kehle. „Halt dein dummes Maul! Was stimmt nicht mit euch?"

Alex ging dazwischen. „Seid ihr nicht ganz dicht? Hört auf damit. Die Presse von ganz Chicago ist vor Ort. Iceman ist hier. Reißt euch gefälligst am Riemen."

„Ich meine es doch nicht böse. Aber nur sie kennt das Tagebuch."

Natalie schluckte. Sie war nicht in der Lage etwas zu erwidern. Alex sah sie abwartend an, sodass sie sich genötigt fühlte, zu antworten. „Ich habe das nicht getan." Ihre Stimme klang dünn.

„Um wen handelt es sich in dem Tagebuch?", fragte Alex.

Natalie erschrak über die Kälte in seinem Gesicht. „Jacob hat ihn immer nur Chuck genannt. Er war ein zwölfjähriger Junge, der eine Höllenqual hinter sich hatte. Misshandelt von seinem Stiefvater."

Natalie wollte noch viel mehr erzählen, doch Alex griff nach seinem Handy. „Mitchell, du musst alles herausfinden über einen Jungen. Sein Name war Chuck. Er kam vermutlich aus Bronxville. Er wurde wohl von seinen Eltern misshandelt. Vielmehr von seinem Stiefvater. Lies in dem Tagebuch, nutze alles, was du finden kannst. Es eilt!" Alex legte auf und lief zu dem Journalisten.

„Agent Johnson, haben Sie bereits eine Spur? Ich meine, es ist die zweite Leiche. Die Bevölkerung hat Angst. Hat es etwas mit dem Fall von damals zu tun? Die Parallelen zu den Entführungen aus dem Cheslock sind ja schon eindeutig, oder was sagen Sie?"

„Kein Kommentar. Sie sind derjenige, der die Figur gefunden hat?"

„Richtig, ich wollte zu meiner Mutter ins Mercy. Sie wurde gestern eingeliefert."

„Welche Uhrzeit?"

„Was? Welche Uhrzeit?"

„Wann wurde ihre Mutter eingeliefert?"

Der Journalist runzelte die Stirn. „Warum ist das wichtig?"

„Beantworten Sie mir bitte die Frage." Alexanders Blick war angsteinflößend.

„Ich weiß zwar nicht, was Sie das angeht, aber es war gegen 23 Uhr. Wollen Sie noch wissen, warum?"

„Ich wünsche Ihrer Mutter gute Genesung, doch es interessiert mich nicht, was sie hat. Haben Sie sie hergebracht?"

„Ja."

„Wann haben Sie die Klinik wieder verlassen?"

„Gegen 2:30 Uhr denke ich. Ich war saumüde. Für meine Mutter konnte ich erstmal nichts tun." Es hörte sich an, als würde der Journalist eine Rechenschaft ablegen.

„Ist Ihnen da die Figur schon aufgefallen? Oder etwas anderes? Jemand, der draußen herumgeschlichen ist?"

„Nein, dann hätte ich Sie ja bereits in der Nacht angerufen." Die Arroganz des Journalisten war widerlich.

Natalie spürte, wie die Wut in Alex aufkochte.

„Haben Sie Fotos von der Leiche gemacht?"

„Ich bin Journalist, was soll die blöde Frage?"

„Geben Sie mir ihr Handy, ihre Kamera."

„Spinnen Sie? Ich werde den Teufel tun. Sie können mir nicht mein Zeug wegnehmen."

„Ich kann noch vieles mehr. Sie löschen auf der Stelle diese Fotos. Ansonsten werde ich dafür sorgen, dass Sie heute zum letzten Mal ein Foto geschossen haben." Alex stellte sich drohend vor den Mann.

Trotzig zögerte er einen Moment. Dann begann er, die Fotos zu löschen.

„Halten Sie sich für weitere Befragungen bereit. Und sehe ich auch nur ein Foto in der Zeitung, stehe ich vor Ihrer Tür." Alex drehte sich um.

„Hey, das ist unfair. Ich habe Ihnen alles gesagt. Geben Sie mir auch etwas."

Die Drehung von Alex war wie in Zeitlupe.

Der zornige Blick ließ Natalie aufschrecken. Sie stellte sich zwischen Alex und dem Journalisten. „Sie sind Zeuge in einem Mordfall. Ihr Beruf interessiert uns nicht die Bohne."

21

Erinnerung

Sommer 1992

In seinem Kopf hämmerte ein unerträglicher Schmerz. Als würde ihn jemand mit bloßen Händen zusammenquetschen, was seinem Stiefvater zuzutrauen wäre. Chuck blinzelte. Er schaffte es nicht, die Augen offenzuhalten. Sie waren geschwollen. Sein Stiefvater hatte ihm am gestrigen Abend gehörig eine drüber gezogen, als er vergessen hatte, den Hühnerstall zu schließen. Einer der Vögel hatte Reißaus genommen. Alles wäre nicht so schlimm gewesen, wenn er nicht so dumm gewesen wäre, sich ablenken zu lassen. Chuck war dem Vieh hinterhergerannt. Das Huhn saß seelenruhig am kleinen Fluss in der Nähe des Grundstückes. Er hätte es sich einfach nur schnappen brauchen, in den Stall zurückbringen sollen. Sein Ziehvater hätte nie etwas gemerkt. Doch er hatte wieder diese dummen Träumereien. Von der Freiheit. Immer wenn er an diesem Wasser stand, ihm beim Plätschern zuhörte, den frischen Duft der Bäume und der Wiese in sich *aufsog, hatte er das Gefühl, frei zu sein. Dann stellte er sich an den Rand des Gewässers, breitete seine Arme aus. Er träumte davon loszufliegen, hinaus in die Freiheit. Weg von seinen Eltern. Hin zu seinem geliebten Vater.*

Er hatte sich groß und stark gefühlt. Das Gefühl nahm ein jähes Ende, als der dumpfe Handschlag seines Stiefvaters über seinen Schädel zog. „Bist du eigentlich vollkommen bescheuert? Was machst du hier für eine Scheiße? Was sollen die Leute von dir denken, wenn sie dich so sehen?"

Der Mann packte das Vieh, riss Chuck am Hemdkragen hinter sich her. Starr ruhten die Augen des Jungen auf der glitzernden Wasseroberfläche, während er über den Boden schliff, bis diese nur noch verschwommen vor seinen Augen zu erkennen war.

In seinem Zimmer hatte sein Ziehvater ihm die Klamotten vom Leib gerissen und ihn mit dem Gürtel verprügelt. Er hatte auf ihn eingedroschen, bis ihm das Blut aus der Nase spritzte. Das Blut hatte sich im Bett verteilt, ein Muster an die weiße Wand gesprenkelt. Es war nicht das erste Muster. Chuck hatte wieder alles über sich ergehen lassen. Hatte sich gewünscht, dass ein Blitz das Monster treffen würde. Es tot umfallen würde. Still hatte er die Hiebe auf seinen gezeichneten Körper ertragen.

Erneut versuchte Chuck, seine Augen zu öffnen. Er musste sich ranhalten, musste das Frühstück vorbereiten, ehe seine Eltern aufstehen würden. Doch seine Müdigkeit gewann die Oberhand über seinen Körper. Steh auf! Steh endlich auf! Zwang er sich. Doch seine Beine waren schwer wie Blei. Er wollte sich nur noch fünf Minuten geben. Fünf Minuten ausruhen, dann würde er aufstehen. Er erinnerte sich nicht, wie lange er wieder eingeschlafen war. Doch es war zu spät. Die dunkelblau gestrichene Holztür seines Kinderzimmers schlug gegen die Wand. Ein großes Stück Brett brach unten heraus, als sein Stiefvater sie mit dem Fuß aufstieß. Der laute Knall hatte das Adrenalin durch seinen Körper gejagt. Chuck sprang auf, vergaß seinen hämmernden Kopf. Er schlüpfte in seine Schlappen, schlängelte sich an dem vor Zorn aufgebäumten Mann vorbei und rannte die Treppe hinunter in die Küche. Nie wieder würde er den Blick seiner Mutter vergessen. Diesen Vorwurf in ihren Augen, dass er schon wieder so dumm gewesen war, seinen Stiefvater zu verärgern. Wortlos stellte sie den Aufschnitt auf den Küchentisch. Drehte sich im Kreis, um den Tisch zu decken. Für Chuck stellte sie keinen Teller hin. Das Knarren der alten Holztreppe, als das Ungetüm die Treppe hinunter schritt, verursachte Übelkeit in ihm. Wie in einem Horrorfilm spürte der Junge, wie sich ein Schatten hinter ihm näherte. Das Klatschen des Gürtels bereitete Chuck auf die Schmerzen vor, die er gleich werde ertragen müssen. Der Atem der Bestie in seinem Nacken ließ ihm die Haare zu Berge stehen.

„Zieh dich aus!", befahl der bärtige Mann, dessen Hände so groß waren, dass Chuck Angst vor ihnen hatte. Er glaubte immer, dass dieses Monster es schaffen würde, einen Bären mit nur einer Hand zu erwürgen.

Der Junge zog sich das Schlafoberteil aus, beugte sich über eine Stuhllehne. Seine Hände umklammerten den Holzgriff. Er drückte so fest zu, dass sich seine Knöchel weiß färbten. Chuck schloss die Augen, biss sich auf die Unterlippe. Die Schläge ertrug er. Die giftigen Worte seines Stiefvaters waren schmerzhafter.

„Wie kann man nur so ein elendiger Versager sein? Du bist ein Nichtsnutz. Du verdienst es nicht, meinen Namen zu tragen. Ein Widerling."

Die Worte jagten durch seinen Kopf, seine Augen füllten sich mit Tränen. Nie wollte er den Namen des Mannes tragen, nie wollte er bei ihm wohnen. Er war ein Bowman. Sohn von James Bowman. Er biss sich so fest auf die Lippe, bis er den metallischen Geschmack des Blutes wahrnahm.

„Dein Vater würde sich für dich schämen. Im Grabe wird er sich umdrehen."

Chuck schossen die Tränen in die Augen, bei dem Gedanken an seinen geliebten Vater. Er war alles für ihn. Und er wusste, dass er sich nie für ihn geschämt hätte.

„Deine Großeltern waren ebenfalls Versager. Man hat vergessen, dich zu einem gescheiten Mann zu erziehen. Du bist verweichlicht. Wie dein Großvater."

Seine Großeltern hatten wenige Meter von dem Haus entfernt gewohnt. Dort war Chuck hingeflohen, wenn er es nicht mehr ausgehalten hatte. Bis sie beide gestorben waren, dann war er ganz allein gewesen. Sein Opa hatte ihn geliebt, hatte ihm alles beigebracht, nach dem Tod seines Vaters. Hatte ihn getröstet. Er hatte gewusst, wie sein Stiefvater ihn behandelt hatte. Doch er hatte ihm nicht geholfen. Genauso wenig wie seine Oma und Mutter. Einmal hatte sich sein Großvater zwischen Chuck und die Bestie gestellt, ihn darum gebeten, den Jungen in Ruhe zu lassen. Doch Chucks Stiefvater hatte ihn nur wütend angefunkelt, ihn aus dem Haus geworfen. Tagelang war der alte Mann nicht wieder aufgetaucht. Als Chuck auf dem Weg zur Schule an seinem Haus vor-

beigelaufen war, sah er, wie sein Opa mit freiem Oberkörper Holz hackte. Sein Rücken war mit blauen Flecken
übersät gewesen.

Der letzte Schlag seines Stiefvaters peitschte über den Rücken des Kindes. Es klatschte, als der Lederriemen auf die Haut
traf. Ein unerträgliches Brennen überzog seinen Oberkörper.
Rote, blutige Striemen vermischten sich mit den alten Narben,
erzeugten ein Bild des Entsetzens. In Chuck verkrampfte sich
alles. Sein Gesicht färbte sich tiefrot, seine Augen quollen
hervor. In diesem Augenblick starrte er durch das Fenster, hinaus in den Wald, sah den Fluss vor sich. Ein reißender Strom.
Er hörte das Rauschen des Wassers, das Zwitschern der
Vögel. In Gedanken breitete er die Arme aus. Dann schrie er.
Er schrie einen Schmerzensschrei in die Welt. Vögel flatterten
vor dem Fenster auf. Chuck schrie um sein Leben.

Das Monster hielt inne, betrachtete seinen Ziehsohn. Er
packte sein Kinn, zog es nach oben. „Tu einfach was ich dir
befehle, dann können wir uns das alles sparen." Der Stiefvater zog ab, ließ Chuck hilflos in der Küche zurück.

Sein Rücken brannte wie Feuer. Sein trauriger Blick traf
auf seine Mutter. Sie stand wortlos am Fenster, schaute
hinaus, als beobachtete sie seelenruhig die friedvolle Stille des Waldes.

„Mama?", flüsterte Chuck.

Keine Reaktion.

„Mama?"

Sie drehte sich um. Nickte ihm zu.

Er setzte sich auf den Stuhl, beugte sich nach vorn.

Die Mutter tränkte ein sauberes Vliestuch in Salzwasser,
tupfte vorsichtig über die Striemen auf seinem Rücken.

Chuck beobachtete, wie seine Tränen auf den Boden tropften und zu einer großen zusammenflossen. „Warum hilfst du mir nicht?" Er erwartete keine Antwort. So oft hatte er ihr diese Frage schon gestellt.

„Zieh dich an. Du musst zur Schule."

Chuck stand auf, musterte die blauen Augen der Frau, die ihm das Leben geschenkt hatte. Diesen Stich, den er dabei spürte, hatte er in junger Vergangenheit schon einmal gespürt. „Warum hast du Papa allein gelassen?"

Keine Reaktion.

„Mama? Warum?"

„Ich werde nicht mit dir darüber diskutieren, Chuck. Zieh dich jetzt an!"

„Findest du es gut, dass er das mit mir macht?" Er zeigte mit dem Zeigefinger auf die Tür, durch die sein Stiefvater zuvor verschwunden war.

Seine Mutter drehte sich zurück zum Fenster, als hätte sie die Frage nicht gehört.

„Papa hätte sowas nie mit mir gemacht. Liebst du mich, Mama?"

Auch darauf bekam er keine Antwort.

So sehr er sich nach ihrer Liebe sehnte, so sehr begriff er, dass er sie genauso hasste, wie seinen Stiefvater. Chuck merkte einen schweren Kloß in seinem Hals. „Ich wünschte, ihr beide würdet sterben."

Seine Mutter erstarrte, sah ihn mit aufgerissenen Augen an.

Der Junge erkannte, wie geschockt sie über diese Worte reagierte, doch er hatte sie genau so gemeint. Er drehte sich weg, ging ins Bad und verließ wenige Minuten später das Haus.

In der Schule dauerte es nicht lange, bis er zum Schulleiter gerufen wurde. Seine Klassenlehrerin stand mit verschränkten Armen in der Ecke, betrachtete den Jungen mit sorgenvollem Blick. Der Leiter bot ihm einen Platz auf dem Stuhl an, doch Chuck blieb stehen.

„Du siehst mitgenommen aus, Junge. Deine Augen. Was ist los bei dir zu Hause?"

Chuck gab keine Antwort. Hilfesuchend musterte er seine Klassenlehrerin. Sie war lieb, die einzige Person, der er vertraute.

„Waren das deine Eltern, Chuck?", fragte sie mit sanfter Stimme. „Du bist in letzter Zeit häufiger verletzt. Ich mache mir ein wenig Sorgen. Wir können dir helfen."

Erwartungsvoll sah er sie an. Hilfe. Das, was er sich gewünscht hatte. Er traute sich nicht, zu antworten. Sein Stiefvater hatte ihm gedroht, wenn er irgendetwas zu irgendjemandem sagen würde, dann würden sie ihn holen. Männer, die ihn mitnehmen und in ein Heim stecken würden. Dort würde es nur noch schlimmer werden. Chuck schluckte.

Die Lehrerin hockte sich vor ihn. Sie umgriff die dünnen Oberarme, zog ihn an sich. „Ich verspreche dir, alles wird wieder gut."

Chuck zuckte zusammen, als sie ihm über den Rücken strich.

Die Lehrerin erhob sich und zog das T-Shirt hoch. Entsetzt schlug sie die Hand vor ihren Mund. „O Gott."

Der Leiter schickte Chuck nach draußen.

Als der Junge vor der Tür stand, hörte er, wie der Direktor zu seiner Lehrerin sagte: „Ich benachrichtige die Polizei."

Er ließ sich an diesem Nachmittag Zeit, nach Hause zu kommen. Wenn die Polizei bei ihnen auftauchte, würden auch die Männer kommen und ihn holen. Chuck musste sich etwas einfallen lassen. Er wollte nicht in einem Heim leben. Er spürte, dass an diesem Tag sein Leben ein Ende nehmen würde, dass alles vorbei sein würde. Der Junge bummelte durch den Wald, setzte sich auf die Holzdielen der Terrasse des verlassenen Hauses seiner Großeltern. Mit dem rechten Fuß zeichnete er ein Herz in den staubigen Boden. Er sog den Duft feuchter Erde und Tanne auf. Vor ihm flitzte ein Eichhörnchen vorbei, kletterte die Tanne hoch, die dem Haus Schatten spendete. Chuck legte sich auf die unterste Stufe, kauerte sich wie ein Embryo zusammen. Er beobachtete das Eichhörnchen, bis seine Augen schwer wurden und zufielen.

Als es dunkel wurde, erwachte er und verließ den Wald. Er lief zu dem Haus, das seit sechs Jahren seine Hölle war. Er beobachtete das flackernde Licht der alten Sessellampe, die im Wohnzimmer am Fenster stand.

Sein Stiefvater lief am Fenster auf und ab. Eine Weile beobachtete Chuck ihn, ehe er zur Tür hineintrat. Mit einem Plan.

Seine Mutter saß wie angewurzelt auf dem grün gemusterten Sessel. Sie schluchzte in die Hände.

Sein Stiefvater strafte ihn mit einem zornigen Blick. Doch er blieb stumm, bewegte sich nicht weg vom Fenster. Sein Blick brannte sich in Chucks Erinnerungen. „So viel Dummheit hätte ich nicht mal von dir erwartet", durchbrach sein Stiefvater das Schweigen. „Sie werden dich holen kommen. Du bist verloren."

Minuten später kauerte er auf seinem Bett, zitterte, erwartete jeden Moment, die Klingel läuten zu hören. Doch nichts geschah. Als seine Eltern zu Bett gingen, sah er nur einen Ausweg.

Er schlich barfuß die Treppe zur Küche hinab. Stufe für Stufe, langsam. Er wusste, auf welche Stellen er treten musste, damit sie nicht knarrten. Seine Füße waren kalt. Er fröstelte. Die Streichhölzer lagen in der Schublade des Küchenschranks. Chuck griff nach der Packung, drehte sie in seiner Hand. Von seinem Opa wusste er, wie man sie zum Brennen brachte. Er schlich in das Schlafzimmer seiner Eltern. Minutenlang stellte er sich ans Fußende des Bettes, betrachtete die beiden Menschen, die ihm sein glückliches Leben genommen hatten. Er spürte den Hass in sich emporsteigen. Chuck war überzeugt, dass nur die Tatsache, dass sein Stiefvater an jenem Tag vor der Tür seines Vaters aufgetaucht war, die Ursache für seinen tragischen Tod war. James Bowman hatte sich so furchtbar darüber aufgeregt, dass er vor Wut die Kontrolle über das Auto verloren hatte.

Mit einem Mal fühlte Chuck eine innerliche Stärke und Freiheit. Er dachte an den Fluss, wie er seine Arme ausbreitete. Entschlossen, dem Ganzen ein Ende zu setzen. Er zündete ein Streichholz nach dem anderen an. Warf sie auf die Bettdecken seiner Eltern. Dann stellte er sich an die Tür, beobachtete das leuchtende Flackern der Flammen, wie sie sich über die Decken schlängelten, hoch zu den Körpern der Eltern.

22

Zitternd saß er auf der versifften Matratze. Einerseits wartete er darauf, dass die Nacht einbrach. Andererseits hoffte er, dass es nie geschehen würde, die Zeit in diesem Moment einfach enden, stehenbleiben würde. Er betete, dass Jay etwas zustoße. Er nicht zurückkomme. Das Zeitgefühl hatte ihn im Stich gelassen. Er hatte keine Ahnung, wie lange es noch dauern würde. Er fuhr sich hektisch mit den Händen über das Gesicht. Überlegte, wie er den Mord anstellen könnte. Er wusste nicht, ob er noch einmal in der Lage sein würde, einen Menschen anzuzünden. Es war Hass, es war Verzweiflung, die ihn getrieben hatte. Weil Jay ihn vor der Polizei gerettet hatte, sollte er nun diesen Preis bezahlen.

Chuck erhob sich, humpelte durch das kahle Kellerzimmer. Sein Bein war um das doppelte angeschwollen. Der Schmerz bohrte sich durch seinen Körper. Der Junge fröstelte, obgleich die Schweißperlen auf seiner Stirn standen. Nachdem er ein paar Minuten gelaufen war, sah er Sterne vor seinen Augen schweben. Er wankte, hielt sich an der feuchten, kalten Wand fest. Mit geschlossenen

Augen rang er nach Luft. Sein Brustkorb drohte zu zerreißen. Die Panik fraß sich fest in seinen Körper. An die Wand gelehnt ließ er sich auf den Boden gleiten. Auf allen vieren krabbelte er zurück zur Matratze.

Bitte lieber Gott, lass mich sterben. Ich möchte hier raus.

Sein Herz schlug bis zum Hals. In dem Moment als sich die Tür öffnete, rannen ihm Tränen die Wange hinab. Er schüttelte den Kopf, faltete die Hände. „Bitte, ich kann das nicht tun."

Jay kam pfeifend die Treppe hinunter.

Als Chuck ihm in die Augen sah, krampfte sein Magen. Er beugte sich nach vorn, umklammerte mit den dünnen Armen seinen Bauch. Er wiegte sich vor und zurück. Weinte, flehte. Doch er konnte die Entschlossenheit des großen Jungen erkennen. Eine Wahl gab es nicht.

„Hör auf mit dem elenden Geflenne." Jay grinste fies. „Du nervst mich. Es wird sich an deiner Situation nur etwas ändern, wenn du tust, was ich dir sage!"

„Du lässt mich dann … gehen?"

„Wohl eher überlass ich dich deinem Schicksal. Denn du wirst elendig verrecken an einer Blutvergiftung."

Chuck stierte auf sein Bein. Alles war ihm lieber, als noch weiter in dem Dreckloch zu hocken und Jay ausgeliefert zu sein.

Jay hockte sich vor den zwölfjährigen Jungen. Er blickte ihm tief in die Augen.

Sein höhnisches Grinsen widerte Chuck an. Plötzlich übermannte ihn die Wut. Er hob den Kopf und spuckte Jay eine Ladung Rotze ins Gesicht.

Jay sprang auf und holte aus. Seine Faust krachte in Chucks Gesicht. Der Junge fiel zur Seite, hielt sich die Nase. Jay stürzte sich auf ihn, drehte ihn auf den Rücken. Als wolle er einen wildgewordenen Gaul reiten, setzte er sich auf ihn. Chuck sah die nächste Faust auf sich zukommen. Er drehte den Kopf zur Seite, hob seine Arme schützend darüber. Jay prügelte auf das Kind ein. Im Wahn flogen seine Hände immer wieder auf den Kopf. Chuck blieb ruhig, er kannte es nicht anders. Die Ruhe, die seinen Körper durchströmte, verlieh ihm das gleiche Gefühl der Freiheit, wie bei seinem Stiefvater. Er ließ seine Gedanken zu der Wiese und zum Fluss gleiten. Er sah, wie er seine Arme ausbreitete. In Gedanken wünschte er sich, dass Jay ihn totschlagen würde. Der Ruf der Freiheit weckte die Sehnsucht nach seinem Vater. Langsam glitten seine Arme nach unten. Er legte sie neben dem Körper ab. Bereit, die schmierigen Fäuste Jays abzubekommen. Es knackte, als der erste Schlag seine Nase traf. Es fühlte sich an, als drücke jemand seine Augen tief in die Augenhöhlen. Der Schmerz war unerträglich, doch Chuck hoffte, dass es nicht mehr lange dauern würde.

Jay hielt inne.

Chuck öffnete vorsichtig die Augen, blinzelte durch einen winzigen Schlitz.

Jay fixierte ihn mit einem eiskalten Blick. „Das hast du dir so gedacht, du dämlicher Idiot. Fast hätte ich die Kontrolle verloren. Doch du wirst sie erst töten! Du kommst nicht eher von mir weg."

Chuck nickte, hielt sich die blutige Nase. So nah war er seinem Vater gewesen. Er hatte seine Wärme gespürt.

Er wollte es alles nur noch hinter sich bringen. Resigniert entschied er, es genauso zu tun wie bei seinen Eltern. Als Jay von ihm abgestiegen war, hievte sich der Junge hoch und setzte sich an den Rand der Matratze.

„Also komm, ich bringe dich zu dem Ort, an dem du wieder töten darfst."

Chuck folgte ihm wortlos wie eine jämmerliche Gestalt.

Leise schlichen sie über den Flur des Kinderheimes. Dabei stieß der Junge gegen ein Spielzeug. Sein Herz machte einen Aussetzer. Jay packte ihn am Oberarm, kniff seine Fingernägel in sein Fleisch. Chuck überlegte, laut loszuschreien, nach Hilfe zu rufen. Doch der warnende Blick von Jay beließ ihn beim Schweigen. Als sie zur Tür heraus waren, zerrte Jay den Jungen über den Rasen. Sie huschten durch den defekten Gartenzaun.

Dann atmete Jay laut aus. „Geschafft."

Chuck sog die frische Nachtluft ein. Er wusste nicht, wie lange er in diesem Keller gewesen war, doch es kam ihm vor, als hätte er seit Ewigkeiten keine frische Luft mehr geatmet. Obwohl es noch schwül war, spürte Chuck, wie seine Lunge sich befreit fühlte.

Jay ließ ihn nicht los, schleifte ihn hinter sich her.

Chuck suchte die Straße ab, hoffte auf jemanden, der vorbeikam. Doch der Ort war verlassen, umhüllt von der Dunkelheit der Nacht. Nicht mal ein Licht in einem der Häuser brannte. Es musste tief in der Nacht sein. Der Junge fror. Beim Laufen schmerzte sein Bein zunehmend. Er hörte seinen schweren Atem.

Auch Jay schnaufte. Das Hinterherziehen des Jungen schien ihn anzustrengen. „Jetzt lauf ein bisschen schneller!"

„Wie weit ist es noch? Mein Bein tut weh."

„Hör auf zu jammern! Wenn du alles erledigt hast, kannst du so viel heulen, wie du willst."

Chuck schluckte den Schmerz hinunter. Auch er wollte nur schnell alles hinter sich bringen. „Ich komme dann aber nicht wieder mit zurück."

„Das ist mir scheißegal. Glaubst du, ich bin traurig, wenn ich dich endlich los bin?"

„Wen soll ich töten?"

„Meine Mutter." Jay grinste, während Chuck den Atem anhielt. „Was guckst du so blöd? Glaubst du, du bist das einzige Kind auf der Welt, das so beschissene Eltern hat?"

Chuck schüttelte den Kopf, blieb stumm. Er wusste nicht, was er antworten sollte.

„Hast du dir schon überlegt, wie du es machen wirst?"

„Ich weiß nicht." Chucks Stimme zitterte. „Ich dachte, wie ich es bei …"

„Anzünden? Wie langweilig. Nein, du machst es auf meine Art."

Chucks Augen waren weit aufgerissen. „Was meinst du damit?"

Jay holte ein großes grobzackiges Messer aus seiner Gesäßtasche. Er hielt es in den Lichtstrahl einer Laterne. Die silberne Klinge funkelte in der Dunkelheit.

„Mit einem Messer? Das kann ich nicht."

„O doch, du wirst das Messer benutzen. Du wirst dieser alten Hexe damit die Kehle durchtrennen." Jay lachte laut, sodass es Chuck das Blut in den Adern gefrieren ließ. Mit dem Messer deutete er an seiner Kehle an, wie der Mord an seiner Mutter aussehen sollte.

„Ich … ich …" Chuck fand keine Worte. Er hatte einmal heimlich bei einem Film zugeschaut, den sein Stiefvater spät abends geschaut hatte. Er hatte sich hinter die Tür gekniet und gebannt auf den Bildschirm gesehen. Als ein Mann einem anderen die Kehle durchtrennte, hatte Chuck einen lauten Aufschrei losgelassen. Das viele Blut hatte ihn entsetzt. Er war aufgestanden, nach oben gerannt und hatte erbrochen. Sein Ziehvater hatte in der Badtür gestanden. Sein Lachen hatte durch das ganze Haus geschallt. „Geschieht dir recht. Wer hat dir auch erlaubt, heimlich zuzuschauen? Wenn du nicht aufpasst, dann wird dir bald das Gleiche passieren." Die blutigen Bilder hatten sich in seinen Kopf gefressen.

Gerade kamen sie ihm wieder ins Gedächtnis. „Das mache ich nicht!"

Mit einem Satz packte Jay den Jungen von hinten, hielt ihm die Klinge des Messers an den Hals.

Chuck spürte die scharfen Zähne auf seiner Haut, traute sich nicht zu atmen.

„Du bist nicht in der Position, etwas zu entscheiden, hast du mich verstanden?"

Chuck nickte kaum merklich, damit das Messer ihm nicht ins Fleisch schneiden konnte. Seine Augen waren feucht. Spucke sammelte sich im Mund, doch er schluckte sie nicht hinunter, damit sich sein Adamsapfel nicht bewegen würde. Sein Kinn zitterte.

„Dann hör jetzt endlich auf, mir zu widersprechen." Jay nahm das Messer vom Hals und schubste Chuck an. „Wir sind gleich da."

Sie gingen weiter.

Die unerträgliche Stille der Nacht machte Chuck Angst. Er spürte die Aufgeregtheit des Jungen, spürte, wie er bereit war, seine Mutter tot zu sehen. So wie es Chuck Tage zuvor getan hatte. „Warum möchtest du, dass deine Mutter stirbt?"

Jay spuckte einen dicken Fladen Schleim auf den Boden, den er zuvor lautstark hochgerotzt hatte. Sein Gesicht war dabei so voller Hass, dass man meinen konnte, er würde auf seine Mutter spucken. „Sie ist böse. Sie hat mich gehasst. Sie verdient es nicht, sich Mutter nennen zu dürfen."

In diesem Punkt fühlte Chuck mit ihm. „Was ist mit deinem Vater?"

„Du fragst zu viel." Jay antwortete ihm trotzdem. „Er ist tot."

Chucks Blick schnellte nach oben.

„Nein, nicht wie du denkst. Er war ein liebevoller Mensch. Ich hab ihn nicht umgebracht. Er ist bei einem Autounfall gestorben."

Chuck musterte Jay. Sein Gesicht wirkte in dem fahlen Licht der Straßenlaternen blass. Er spürte die Traurigkeit des Jungen. „Das tut mir leid."

„Tja, in diesem Punkt sind wir uns also auch ähnlich. Du denkst, du bist ein lieber Junge? Du bist genauso wie ich. Eine arme Kreatur, die sich irgendwie durchs Leben beißen muss." Er starrte auf das Bein. „Obwohl … du wirst sicher bald schon tot sein."

Hoffentlich, wünschte sich Chuck.

„Meine Mutter, diese Hexe hat mich genauso behandelt, wie dein Stiefvater dich. Dann bin ich ins Heim gekommen." Plötzlich blieb Jay stehen. Er begutachtete ein mit weißen Paneelen verkleidetes Haus. Sekundenlang starrte er auf das Fenster in der oberen Etage. Er flüsterte: „Das war mein Kinderzimmer. Dort oben stand ich und habe auf meinen Vater gewartet. Wir waren verabredet. Doch er kam nicht. Nie wieder."

Chuck zitterte. Sein verletztes Bein hatte sich verkrampft. Er legte seine Hand auf den Verband, den Jay noch gewechselt hatte, bevor sie den Keller verlassen hatten. Er spürte, dass er heiß war. Die Wunde pochte. Er schaute zurück zu dem Haus, in das er gleich gehen würde, um die Mutter von Jay zu töten. „Warum machst du es nicht selbst?", fragte Chuck, noch immer in der Hoffnung, dass der Albtraum nicht wirklich passierte.

„Ich habe eine große Karriere vor mir. Ich möchte Arzt werden. Ich möchte Kinder wie dich und mich retten. Was meinst du, wenn sie mich erwischen? Dann habe ich keine Chance mehr dazu."

Darüber hatte Chuck nicht nachgedacht. Entsetzt starrte er Jay an.

„Hier." Jay reichte ihm das Messer. „Schlitz schön tief in ihre Kehle. Ich möchte danach wissen, wie sie ausgesehen hat. Ich hoffe, dass sie sich quält."

„Und danach lässt du mich in Ruhe?"

Jay ließ den Blick nicht von dem Haus. Er nickte kaum merklich.

Chuck wusste nicht, ob es die Antwort auf seine Frage war. Doch er wiederholte sie nicht.

Er humpelte die Treppe hoch. Vor dem Eingang war es dunkel, weil das Licht der Straßenlampe nicht bis nach oben reichte. Chuck tastete vorsichtig mit den Füßen, ob irgendetwas auf dem Boden lag, damit er nicht dagegen stieß und Krach erzeugte. Noch einmal drehte er sich zu Jay. Dessen Gesichtsausdruck konnte er nicht sehen, doch an seiner Stimme erkannte er, wie glücklich er war, dass seine Mutter gleich sterben würde.

„Bestell ihr einen schönen Gruß von Jacob, wenn sie sich auf den Weg in die Hölle macht."

Chuck holte den Schlüssel aus dem Blumentopf im Eingangsbereich. Jay hatte ihm gesagt, wo seine Mutter ihn verbarg. Vorsichtig steckte er ihn in das Schlüsselloch. Mit geschlossenen Augen öffnete er die Tür. Ein bisschen hatte er Sorge, dass die Mutter bereits dahinter stand. Er stieg die Treppe hinauf und ging den Weg ins Schlafzimmer, den Jacob ihm beschrieben hatte. An den Wänden hingen Bilder von einer Frau und einem Mann, die sich im Arm hielten. Von Jacob war nichts zu sehen.

Meine Mutter hat mich gehasst, hallten Jays Worte nach. *Ich hasse ihn auch,* dachte sich Chuck. Unter einem Bild stand der Name Bennett. Chuck vermutete, dass es sich um Jays Eltern handelte. In dem Haus roch es nach Zitrone. Chuck mochte den Duft. Es erinnerte ihn an das Haus seiner Großeltern, als es nach dem Putzen immer zitronig-frisch roch. Als Chuck oben angekommen war, schimmerte ein kleines Licht aus einem der Zimmer. Sein Herz machte einen Aussetzer. Sie ist wach. Der Junge zitterte und hatte Mühe, das Messer zu halten. Auf Zehenspitzen schlich er zu der Tür, die einen Spalt geöffnet war. Als er hineinlugen wollte, öffnete sie sich ein Stück. Es quietschte. Er machte einen Satz nach hinten, hielt die

Luft an. Ein fetter grauer Kater hockte sich vor ihn und fauchte. Sein Herz schlug schneller, doch ein leichtes Lächeln umschmeichelte seine Lippen. Nur ein dummer Kater. Es gelang Chuck, ihn wegzuscheuchen. Minutenlang verharrte er in der Dunkelheit, lauschte, ob er etwas wahrnehmen konnte. Doch in dem Schlafzimmer blieb alles ruhig. Noch einmal atmete das Kind tief ein, fasste sich an die wildklopfende Brust. Er schickte ein Stoßgebet nach oben und ging in das Zimmer. Die magere Frau lag schlafend auf dem Bett. Chuck hörte das Blut in seinen Ohren rauschen. Langsam trat er näher.

Stell dir vor, es wäre dein Stiefvater. Den Tipp hatte ihm Jay noch gegeben, ehe er zur Tür hineingegangen war. Chuck betrachtete die Frau, konnte sich nicht vorstellen, dass sie so böse gewesen sein konnte. Mit einem Mal bewegte sie sich. Er hob das Messer, beugte sich über sie. Plötzlich stierten ihn zwei leuchtende Augen an. Er verlor die gesamte Gesichtsfarbe.

Ehe Chuck sich versah, setzte sich die Frau auf, griff nach seinem Handgelenk und drückte so fest zu, dass Chuck das Messer fallen ließ. „Was willst du elendiger Bastard in meinem Haus?"

Chuck weinte. Zitterte am ganzen Leib. Er hatte es nicht geschafft. Seine Angst wuchs, als er die Sirenen der Polizei hörte. Binnen Sekunden blitzten die Blaulichter vor dem Haus auf.

Er wehrte sich, trat mit den Füßen gegen das Schienbein der Frau. Sie schrie, der Griff um sein Handgelenk lockerte sich. Chuck nutzte ihren Schreck, um noch einmal zuzutreten. Es funktionierte. Er riss seinen Arm aus ihrer Hand, schnappte sich das Messer vom Boden und rannte los. Die Frau schrie, hechtete ihm hinterher. Chuck stolperte über die Katze, fiel bäuchlings auf den Boden. Jacobs Mutter packte ihn am Knöchel, zog ihn zu sich. Er versuchte, sich krampfhaft an den Holzdielen zu halten, kratzte mit den Fingernägeln über das Holz. Gegen die Frau hatte er keine Chance. Sie drehte ihm den linken Arm nach hinten auf den Rücken. Drückte ihn hoch. Chuck sah Sterne vor seinen Augen tanzen. Seine rechte Hand umklammerte den Griff des Messers.

„Au, Sie tun mir weh. Bitte, ich möchte nach Hause. Ich wollte Ihnen doch gar nichts tun."

„Du hast dich dumm angestellt. Ich habe dich längst gehört. Da habe ich schon die Polizei gerufen." Die Frau riss Chuck nach oben und knipste das Licht an. Unvermittelt klatschte ihre Hand auf Chucks Wange, sodass ihr Handabdruck darauf zurückblieb.

Die Stelle brannte. Chuck blickte in die dunklen Augen der Frau. *Ramm ihr das Messer in den Bauch!* Er hörte die Stimme von Jay, als stünde er neben ihm. Doch er schaffte es nicht. Wie erstarrt sah er Bennetts Mutter an. In ihren Augen erkannte er die gleiche Boshaftigkeit wie in Jacobs Augen.

23

Alexander schaltete die Freisprechanlage an. Annas Worte wurden durch ständiges Räuspern unterbrochen. Alex vermutete, dass es das schlechte Gewissen war, weil Natalie mit angehört hatte, dass Anna sie der Morde verdächtigte. Er hatte nicht widersprochen. Was dachte Natalie von ihm? Alex fragte sich, ob er sich von seiner Wut steuern ließ, weil sie einfach so abgehauen war. Oder traute er ihr wirklich so etwas Abscheuliches zu?

„Wo seid ihr jetzt?"

„Auf dem Rückweg. Hat Mitchell schon etwas?"

„Nein, nichts Konkretes. Er versucht, über die Polizei in Bronxville etwas in Erfahrung zu bringen. Dieser Chuck wurde von Jacob Bennett genötigt, seine Mutter zu töten. Jacob hat ihn aufgehängt und kurz bevor der Junge sein Bewusstsein verlor, hat er ihn heruntergelassen. Damit wollte er ihn gefügig machen."

„Es war schon immer ein Sadist." Alex schielte in den Rückspiegel.

Natalies Gesichtsfarbe war kreidebleich. Sie starrte ohne Regung aus dem Fenster.

„Wer in der Lage ist, seinen einzigen Sohn zu töten, der kann nicht normal ticken." Alex spürte die glühende Röte in seine Wangen steigen. Er vermied den Blick in den Rückspiegel. „Anna, weiter bitte!"

„Jedenfalls hatte Jacobs Mutter Chuck erwischt, ehe er an sie ran kam. Die Polizei hat ihn in Gewahrsam genommen."

„Der muss doch zu finden sein."

„Das ist aber leider gerade unser kleinstes Problem." Räuspern. „Ihr könnt direkt ins Josephs Hospital fahren."

Alexanders Schmerzen im Magen verstärkten sich. Anna brauchte nicht auszusprechen, was der Grund war. Er ahnte es. Der Täter baute Druck auf.

„Es wurde die nächste Figur gefunden. Drapiert, als hinge sie an einem Seil. Wie im Tagebuch."

Alex bremste vor einer roten Ampel. Er gab den North-Lake-Shore-Drive ins Navigationssystem ein. Schweißperlen tropften von seiner Stirn und brannten in seinen Augen.

„Ich habe Simmerman bereits informiert. Er schickt eine Vertretung. Er benötigt noch etwas Zeit am Tatort vor dem Mercy." Anna legte auf.

„Heilige Scheiße, das geht flott." Aiden massierte sich den Bart, den er sich seit ein paar Tagen stehen ließ. Er war der Meinung, dass er damit männlicher wirkte. „Wir müssen ihn stoppen."

Alexander schaltete die Nachrichten ein. Die Presse hatte von der dritten Figur noch nicht erfahren. Sie waren noch mit der zweiten beschäftigt.

Nach zwanzig Minuten kamen die Ermittler vor dem Josephs an.

Alexander telefonierte mit Iceman. Seine krakeelige Stimme dröhnte für jedermann hörbar aus den Lautsprechern. Eigentlich war Alex froh, dass er nach Washington gewechselt und ihn los war. Hätte er geahnt, dass er sich weiter in die Ermittlungen reinhängen würde, hätte er die Stelle nicht angenommen. Man konnte tun und lassen, was man wollte. Er war nicht zufriedenzustellen.

Der stellvertretende Gerichtsmediziner war bereits am Tatort. Vor ihm stand ein zwei Meter hoher Kerl, der auf ihn einschrie. Die langen Arme wirbelten durch die Luft. „Nehmen Sie endlich dieses Scheißding ab." Es war der Mann, der Alexander einen Tag zuvor angegriffen hatte.

„Hey! Was soll dieses Theater?"

„Agent Johnson, das ist er. Das ist mein Sohn. Er hat den gleichen Pullover an." Der Mann bäumte sich vor dem Ermittler auf, um ihm anzudeuten, dass er sich nicht wegschicken lassen würde. Sein Hemd spannte über der muskulösen Brust.

Alex hatte Sorge, dass einer der Knöpfe in seinem Auge landen könnte. „Sie sagten, ihr Sohn ist sechsundzwanzig Jahre alt." Alex zeigte auf die Leiche. „Sieht der Körper aus wie von einem sechsundzwanzigjährigen Mann?" Er kniff seine Augen zu einem Schlitz zusammen. Aus ihnen funkelte Zorn. Zu gern würde er seine Faust in das Gesicht des Mannes krachen lassen, seine Wut an irgendjemandem auslassen. Er hasste es, wenn Menschen ihn an seiner Arbeit hinderten. „Ihr Sohn wurde gefunden. Er sitzt in

Indiana im Knast, weil er zugedröhnt am Steuer saß. Sehen Sie zu, dass Sie Land gewinnen."

Der Kerl ballte seine Hände.

Alexander hielt dem Blick stand, rechnete jedoch jeden Moment damit, dass er seine Faust im Gesicht spüren würde. Auch wenn er sich die Schmerzen geradewegs ausmalen konnte, blieb er ruhig.

Der Mann erwiderte nichts, starrte ihn an. Die Wut in seinen Augen versetzte Alex in Alarmbereitschaft. Doch dann zitterte das Kinn des Mannes. Es sah aus, als wäre er um zwei Köpfe geschrumpft. Mit eingezogenen Schultern, peinlich berührt, verließ er Ort und Stelle. Die Hände waren noch immer zu Fäusten verkrampft. Doch nun würde die Wut des Vaters an der Stelle zum Ausdruck kommen, wo sie angebracht war. Bei seinem Sohn.

Alexander drehte sich zu der Figur. An einem Pfahl hing der Körper eines Teenagers. Seine Hände waren auf den Rücken gebunden. Der Körper hing schlaff. Das Gesicht war unter einer Maske versteckt, die der Maske der anderen Opfer ähnelte. Die Augen dieses Kindes jedoch waren verschlossen. Sie starrten nicht so panisch. Um seinen Hals hing ein Seil, das einbetoniert war und nur als Attrappe diente. Sie war weder fest um den Hals gebunden, noch war sie oben am Pfahl festgemacht. Erstickt ist das Kind wie die anderen beiden Opfer unter der Maske.

„Agent Johnson?" Der Gerichtsmediziner hielt ihm seine Hand hin.

Alex griff vorsichtig nach ihr, weil er Angst hatte, sie zu zerbrechen.

Der Mediziner war höchstens 1,68 Meter groß und sah aus, als würde ihn der nächste Windstoß umpusten. Seine Nase dagegen war überdimensional und leuchtete vor Kälte rot. Der Mediziner schob seine Brille permanent von ihr hoch. „Dr. Simmerman hat mich gebeten hier nach dem Rechten zu schauen." Er kicherte.

Alexanders Blick blieb frostig, er fand an der Situation nichts Belustigendes. „Ich hoffe, Simmerman hat Ihnen davon berichtet, dass es die dritte Leiche eines Serienmörders in zwei Tagen ist?"

Der Mann kicherte unermüdlich weiter.

Alex vermutete, dass es sich um ein Verlegenheitslächeln handelte. Er sah nicht älter als fünfundzwanzig Jahre aus. Wahrscheinlich war das sein erster außergewöhnlicher Fall. Über einem glattgebügelten Anzug trug er einen braunen Ledermantel, der aussah, als hätte er ihn von einer Müllhalde mitgenommen. Die Kombination von alten und neuen Klamotten war Trend, doch er hatte das Prinzip nicht verstanden. Das Leder war ranzig und rissig. Außerdem klebten verschiedene Substanzen darauf, aus denen Alex lesen konnte, was er die letzte Woche zum Mittag gegessen hatte.

Herb konnte sich einen Seitenhieb nicht verkneifen. „Ihre Mutter hat Ihnen heute Morgen aber die feinsten Sachen herausgelegt. Sie hätten sie fragen sollen, ob der Mantel dazu passt."

Der junge Gerichtsmediziner schaute stirnrunzelnd an sich hinunter. Er war wirklich davon überzeugt, dass er sich modisch gekleidet hatte, und reagierte nicht auf

Herbs Spitze. Stattdessen grinste er Alex an. „Selbstverständlich bin ich bestens vertraut mit dem Fall."

Aiden rollte mit den Augen. „Dann los. Worauf warten Sie?"

Wieder dieses Grinsen. „Nun gut." Er zeigte auf eine Frau, die auf einem Bordstein saß. Ihr Oberkörper wippte vor und zurück. „Sie hat die Polizei gerufen. Eine Reinigungskraft aus der Klinik. Als sie den Wäschewagen rausbringen wollte, um ihn in den LKW zu stellen, hat sie ihn gefunden. Dank der Presse war ihr sofort klar, dass es sich um eine Leiche handeln musste."

„Hat sie irgendetwas angefasst?"

„Sie sagt nein."

Alex spürte Aggressionen in sich emporsteigen. Das dämliche Grinsen kratzte an seinen Nerven. „Was können Sie uns sagen?"

„Nun ja." Grinsen. Er trat auf der Stelle und rieb sich die Hände. „Es ist definitiv klar, dass ein Kind unter der Maske steckt."

„Lassen Sie mich raten, es ist tot?" Herb starrte den Gerichtsmediziner an.

Dieser betrachtete ihn mit offenstehendem Mund.

„Das sehen wir selbst." Alexander wischte sich über die Stirn. „Nehmen Sie bitte die Maske ab. Machen Sie ihre Arbeit, ich unterhalte mich mit der Frau."

„Aber natürlich."

Vorerst redete Alexander allerdings mit den Kollegen der Polizei, die wegen eines Vermisstenfalls gerufen wurden.

„Man hat uns informiert, dass ein fünfzehnjähriger Junge von der Chirurgie verschwunden war. Heute Nacht gegen 3 Uhr wurde er noch gesehen. Da hatte eine Krankenschwester ihren Kontrollgang gemacht."

Alexander schwitzte, obwohl ein eisiger Wind wehte. Er drehte sich zu dem Gerichtsmediziner, der gerade die Maske öffnete. Alex rief Simmerman an.

„Ich kann mich gleich zu euch auf den Weg machen. Ich habe euch meinen besten Mann geschickt."

Alexander überlegte, ob Simmerman ihn für dumm verkaufen wollte. „Wann ist das Opfer vom Mercy gestorben?"

„Das habe ich doch bereits gesagt. In den frühen Morgenstunden."

„Genauer?"

„Alex, du weißt, dass ich …"

„Ich brauche die Information dringend. Ich würde sonst nicht fragen." Während er telefonierte, ließ er den Gerichtsmediziner nicht aus den Augen.

„Ich vermute gegen 4 Uhr, vielleicht auch 5 Uhr."

Alex legte auf.

In diesem Moment schrie der Gerichtsmediziner panisch auf.

Alex rannte zu dem Mann. „Was ist?"

„Wir brauchen einen Notarzt. Der Junge hat noch einen schwachen Puls."

Alexander band die Hände des Jungen vom Pfahl. „Informieren Sie die Feuerwehr. Wir brauchen jemanden, der das Seil vom Hals entfernt." Alexander fielen die geschlossenen Augen ein. Irgendetwas empfand er einige Minuten zuvor verstörend an dem Bild, doch nun wusste er, was es war. Die vor Panik aufgerissenen Augen bei den anderen beiden Kindern. Sie blickten dem Tod in die Augen, mit purem Entsetzen waren sie qualvoll erstickt. Dieser Jugendliche war noch nicht tot.

Der Gerichtsmediziner stand wie angewurzelt da.

Natalie stieß ihn am Arm. „Haben Sie gehört? Rufen Sie die Feuerwehr. Schnell!" Sie half Alexander, den leblosen Körper auf den Boden zu legen.

„Das hätten wir wissen müssen." Alexander schwitzte. „Der Täter kann nicht zur selben Zeit, an zwei Orten gleichzeitig sein. Das Opfer vom Mercy ist etwa gegen 4 oder 5 Uhr gestorben. Bis er im Josephs war und das Opfer holen konnte, war mindestens noch eine Stunde vergangen, plus die Zeit, die er für das Herrichten benötigt hatte."

Natalie rollte den Jungen auf den Rücken und drückte seinen Brustkorb.

Alexander begutachtete seinen Mund. Die Haut war kalt, die Lippen schimmerten blau. „Er hat noch nicht lange dort gestanden."

Im Hintergrund ertönten die Sirenen der Feuerwehr. Aus dem Hospital kam eine Schar blaugekleideter Mediziner gerannt. Ein junger Arzt hockte sich neben Natalie. „Ich übernehme."

Natalie reagierte nicht. Sie drückte wie im Wahn auf den Brustkorb.

Herb riss sie zur Seite.

Sie landete mit dem Hinterteil auf dem Boden und versank in der weißen Schneedecke.

Alex schrie: „Aiden, sie sollen alle Straßen rund um die Klinik absperren. Jedes Auto wird kontrolliert. Wir suchen eine männliche Person, schätzungsweise Anfang oder Mitte vierzig. Alle männlichen Personen werden kontrolliert."

Aiden nickte und gab den Befehl weiter.

Polizisten rannten zu ihren Autos, ein Orchester von Sirenen zerriss die morgendliche Ruhe.

Alexander schaute dem Schauspiel zu, das sich ihm darbot. Die Ärzte versuchten, das Leben des Jungen zu retten. Es wäre von Vorteil für die Ermittler, vielleicht hatte er den Täter gesehen. Doch vielmehr hoffte Alex, nicht noch einem Elternpaar sagen zu müssen, dass ihr Sohn ermordet wurde.

Ein Arzt erhob sich vom Boden.

Alexander fragte ihn nach dem Zustand.

„Wir konnten ihn stabilisieren. Aber ich mache mir keine allzu großen Hoffnungen."

„Sie meinen, er könnte noch sterben?"

„Wir wissen nicht, wie lange er unter der Maske war. Einem Sauerstoffmangel ausgesetzt zu sein bedeutet, dass schon nach drei Minuten das Hirn beschädigt wird. Nach acht Minuten ist der Patient in der Regel hirntot."

Alexander Johnson nickte, seine Hoffnungen zerfielen in Resignation. Sie hatten nichts.

Herb trat hinter ihn. „Wir müssen diesen Jungen von damals finden. Alex, er ist der Täter."

Alex betrachtete Herb, dann fiel sein Blick auf Natalie.

„Du glaubst doch nicht immer noch, dass sie etwas damit zu tun hat? Wie soll sie das gemacht haben? Sie war heute Morgen die ganze Zeit bei uns."

„Das weiß ich selbst, Herb. Ich möchte nur eins, den Täter. Und ich möchte wissen, was Natalie mit dem Ganzen zu tun hat. Irgendwas stimmt nicht mit ihr."

24

„Du kleines Scheißerchen, hast du gedacht, du kannst hier einfach reinspazieren und meine Wertsachen klauen?"

Chuck schüttelte den Kopf. „Ich wollte nichts klauen." Damit log er nicht einmal. Doch die Wahrheit würde er ihr auch nicht verraten, obgleich er darüber nachdachte.

„Die Lügen kannst du gleich der Polizei erzählen." Frau Bennett packte den Jungen am Kragen, verzog ihr Gesicht, als trage sie einen miefenden Straßenhund hinaus. „Widerliches, kleines Blag. Du stinkst, als wärst du gerade aus einem Schweinestall entflohen."

Sie zerrte ihn die Treppen hinab.

Chuck schrie vor Schmerzen. Sein verletztes Bein ließ er hängen, mit dem anderen versuchte er Halt zu bekommen.

Zwei uniformierte Polizisten traten in den Eingangsbereich. Vor der Tür leuchtete das Blaulicht.

„Offizier, hier habe ich einen frechen Dieb."

Die Polizisten senkten die Waffe, als sie sahen, dass es sich bei dem Täter um ein Kind handelte.

„Frau Bennett, wir übernehmen ihn", sagte einer der beiden. Der ältere kam auf Chuck zu, packte ihn unter seinen Arm. Erst dann fiel ihm auf, dass der Junge ein Messer in der Hand hielt. „Lass sofort das Messer fallen!"

Chuck zögerte keine Sekunde und warf es auf den Boden. So schrecklich seine Situation gerade auch war, er fühlte sich dennoch erleichtert. Ruhe stellte sich in seinem Körper ein. Als würde sich ein Krampf lösen. Der Albtraum war zu Ende. Er hatte sie nicht getötet. Doch bei dem Gedanken fiel ihm Jacob wieder ein. Er hatte seinen Auftrag nicht erfüllt. *Ich lasse dich erst zufrieden, wenn du sie getötet hast.* Die Worte hallten ihn seinen Ohren. „Wo bringen Sie mich jetzt hin?" Chuck war alles egal, nur ins „Rainbow" wollte er nicht.

„Du kommst jetzt erst einmal mit zur Wache. Was hast du dir denn dabei nur gedacht?"

Chuck schaute beschämt zu Boden, antwortete nicht.

Der Polizist führte ihn vorsichtig zum Auto.

„Ich hoffe, Sie sperren ihn weg. Er wird ganz sicher ein Krimineller. Das hat sich ja jetzt schon herauskristallisiert."

Der ältere Polizist drehte sich zu Frau Bennett, bedachte sie mit einem ernsten Blick. Vermutlich erkannte sie ihn nicht. Er war es gewesen, der vor zwei Jahren ihren Sohn aus dem Haus geholt hatte. „Lassen Sie das getrost unsere Sorge sein."

Chucks Blick wanderte durch die Dunkelheit. Jay war nirgends zu sehen. Diesmal würde er ihm nicht helfen. Doch darüber war der Junge froh.

Der jüngere Polizist fuhr den Wagen, während sich der ältere neben Chuck auf die Rückbank setzte. „Wie heißt du?"

„Chuck."

„Und weiter?"

Chuck überlegte, was er sagen sollte. Er entschied sich, zu lügen. „Bowman."

„Warum treibst du dich so spät auf der Straße herum? Du solltest zu Hause sein. In deinem Bett liegen. Du bist doch höchstens zehn."

„Zwölf", erwiderte Chuck trotzig.

„Auch mit zwölf bist du zu jung." Die Tonlage des Polizisten blieb sanft.

„Ich habe kein Zuhause."

Der Offizier nickte, musterte den Jungen eindringlich. „Du siehst auch nicht danach aus. Wo hast du dich herumgetrieben? Wer sind deine Eltern?"

„Sie sind tot."

Der Blick des Polizisten ruhte auf Chuck.

Der Junge glaubte, Mitleid darin zu erkennen. „Muss ich jetzt in ein Kinderheim?"

„Wir fahren jetzt erst einmal zur Wache, dann erzählst du alles der Reihe nach. In Ordnung?"

Das Auto ruckelte, als es über die Pondfield-Road zum Parkplatz des Police Department fuhr. Die Straßen waren aufgerissen.

Chuck schielte auf das große Backsteingebäude. Die Fensterläden waren grün angestrichen, was als Kontrast zu den roten Steinen furchtbar aussah.

Der Anblick der vielen schwarzen Polizeiautos bereitete dem Jungen Bauchschmerzen. Er kam sich vor wie ein Schwerverbrecher. Das war er im Grunde auch gewesen.

Als der junge Polizist die Hintertür öffnete, krachte es auf der anderen Straßenseite. Ein Müllauto hatte in der Mülldeponie den Müll abgeladen. Chuck ließ sich mit gesenktem Kopf ins Gebäude führen. Er hoffte inständig, dass ihn keiner der Menschen aus Bronxville erkennen würde.

Der nette Polizist platzierte das Kind auf einem Stuhl vor einem Schreibtisch. Er selbst setzte sich gegenüber an den Computer. Eine Kollegin steckte den Kopf zur Tür hinein. „Kann ich etwas für dich tun?"

„Suchst du mir bitte die Vermisstenanzeigen von Kindern im Westchester County heraus?"

Die Frau ging weg.

„Möchtest du etwas trinken?"

Chuck leckte sich die Lippen. Erst jetzt bemerkte er, dass sein Mund ganz trocken war. Seine Lippen waren weiß. Seine Zunge schmeckte pelzig. Er nickte. Der Polizist stand auf, rief etwas der Frau hinterher und setzte sich wieder. Einige Minuten später kam die Polizistin mit einer Limonade und einem Stapel Papiere wieder. Der Mann legte Chuck einen Schokoladenriegel neben das Glas und blätterte in den Akten.

Chuck stopfte sich den Riegel in den Mund und trank das Glas Limo in einem Zug leer.

„Du bist dir sicher, dass du Bowman mit Nachnamen heißt?" Der Polizist hatte sich eine Brille zum Lesen aufgesetzt, über die er hinweg schaute. Er wartete, bis Chuck fertig gekaut hatte.

Chuck nickte nur ganz leicht. Er fühlte sich nicht wohl beim Lügen.

„Das ist merkwürdig. Es wird kein Junge namens Chuck Bowman vermisst. Nur ein zwölfjähriger Junge wird in der Gegend vermisst. Nach dem suchen wir. Er passt auf deine Beschreibung."

Der Junge kaute langsamer. Seine Augen wurden feucht.

„Er heißt Charles Havering."

Den letzten Happen des Riegels schluckte er schwerfällig hinunter. Beinahe wäre er im Hals stecken geblieben. Chuck hustete. Dann seufzte er laut, versteckte sein Gesicht in den Händen.

„Das bist du, nicht wahr?"

„Ich heiße Bowman. So wie mein Vater. Ich wollte den Namen Havering nicht haben. Und Chuck, so hat mich mein Vater immer genannt."

„Chuck, es ist ganz egal, wie du heißt. Wo warst du die ganze Zeit?"

„Ich habe mich versteckt." Der Junge wurde rot.

„Ganz allein?" Der Offizier runzelte die Stirn. „Das erscheint mir nicht glaubwürdig."

„Es ist aber so. Ich bin weggelaufen."

„Warum bist du weggelaufen?"

„Ich hatte Angst." Chuck konnte dem Mann nicht in die Augen schauen.

Der Polizist stand auf, hockte sich neben den Stuhl des Kindes, sodass sie sich auf gleicher Augenhöhe befanden.

Chuck weinte.

„Du hast es gesehen, stimmts?"

Der Junge nickte. Zitterte.

„Das ist schrecklich, was deinen Eltern widerfahren ist. Es tut mir furchtbar leid."

Chuck nickte, doch im gleichen Atemzug kippte er vom Stuhl. Regungslos blieb er am Boden liegen.

Eine Frau saß an seinem Bett, als er aufwachte. Er befand sich in einem weißen Zimmer, in dem zwei Betten standen. Das Bett neben ihm war leer. „Hallo, Chuck, wie geht es dir?"

„Wer bist du?"

„Ich bin Juliana Ray. Ich bin deine Betreuerin vom Jugendheim. Ich werde mich in Zukunft um dich kümmern."

Chuck starrte sie an. Jugendheim? Kümmern? Mit diesen Worten verband er nichts Gutes. Er wollte aus dem Bett springen, doch seine Schwäche hielt ihn davon ab.

„Bleib ganz ruhig liegen. Du bist im Krankenhaus. Fast hättest du es nicht geschafft. Aber die Ärzte konnten dein Bein retten. Und dein Leben." Sie lächelte.

Chuck wollte sich von ihrem Lächeln nicht blenden lassen. Schon einmal war er darauf hereingefallen.

„Du musst keine Angst haben. Ich weiß, du hast viel durchgemacht. Ich werde dir helfen, das alles zu verarbeiten."

Sie hörte sich nicht an, als würde sie lügen.

„Wegen des Einbruchs wirst du Sozialstunden leisten müssen. Wohnen wirst du bei uns im Kinderheim. Es ist nett dort. Du wirst ganz sicher neue Freunde finden."

Ihm kam Jay in den Kopf. „Wo bringen sie mich hin?"

„Du kommst nach Eastchester." Chuck atmete aus. Erst jetzt bemerkte er, dass er die ganze Zeit die Luft angehalten hatte. Er lehnte sich entspannt in sein Kopfkissen zurück.

Die Frau streichelte seine Hand. „Alles wird wieder gut."

25

„Du solltest dich bei ihr entschuldigen. Ich bin entsetzt, dass du so etwas überhaupt in Erwägung gezogen hast."

Annas Wangen glühten. Sie sah Herb nicht in die Augen. „Nur weil sie heute Morgen bei euch war, heißt das nicht, dass sie nicht irgendwie mit drin steckt."

„Du spinnst. Natalie würde doch keine Kinder töten."

„Sie haben bei allen drei Opfern diese Botschaft gefunden. Die Morde hören erst auf, wenn Jacob Bennett tot ist. Wer außer Natalie sollte sich den Tod von ihm am allermeisten wünschen?"

Herbs Mund stand offen. Fassungslos über die Worte seiner Kollegin. „Es gibt ja wohl einige. Er hat mehrere Kinder getötet, du hast doch das Tagebuch gelesen. Er war schon als Jugendlicher ein Arsch."

„Natalie hat es auch gelesen."

„Natürlich, das bedeutet, dass sie auch für die Morde verantwortlich ist. Ich dachte, du wärst ihre Freundin."

„Gerade deshalb weiß ich, dass ihre Wut auf Jacob unbändig ist. Du kennst sie, sie schießt oft über das Ziel hinaus."

„Dabei gefährdet sie aber höchstens sich selbst. Anna, ich bin sicher, Natalie würde so etwas nie tun. Sie hasst Jacob, na klar. Würdest du doch auch, wenn er dein Kind getötet hätte? Aber sie würde noch nicht einmal ihn töten." Herb wischte sich über das Gesicht. Es machte ihn sprachlos, dass Anna so an ihrem Standpunkt festhielt.

„Herb, mach deine Augen auf. Sie ist nicht nur die liebe, nette Natalie."

Herb schnaubte. „Du solltest dich mal hören. Man könnte meinen, du bist eifersüchtig auf sie."

Die glühenden Wangen der Ermittlerin leuchteten noch roter. „Schwachsinn."

Die Tür zum Büro flog auf. „Wo ist Alexander?" Mitchell hielt eine Akte hoch und wedelte damit vor seinem Gesicht.

„Er telefoniert mit Iceman." Anna verdrehte die Augen theatralisch. „Dieser Mistkerl lässt uns nie in Ruhe. Was gibt es?"

„Ich habe ihn", antwortete Mitchell. „Chuck. Es ist der Spitzname von Charles Havering. Tragische Geschichte." Mitchell verstummte, um Spannung aufzubauen. „Als kleiner Junge hatte er einen Autounfall mit seinem leiblichen Vater. James Bowman. Er hatte ihn immer Chuck genannt. Der Junge musste seinem Vater beim Sterben zusehen."

„Wieso Havering?"

„Er kam nach dem Tod seines Vaters zu seiner Mutter, die mit einem Havering verheiratet war. Tja, und dort fing sein Martyrium an. Misshandlung der schlimmsten Art und Weise. Seine Mutter hatte dabei zugeschaut und nicht geholfen."

„Und dann lief er ausgerechnet Jacob in die Arme?"
Herb verspürte ein heftiges Kribbeln in der Magengegend.

„Richtig. Bennett hat in seinem Tagebuch geschrieben,
dass Chuck sein Elternhaus angezündet hatte, mitsamt
seinen Eltern. Dass er ihnen sogar beim Todeskampf zugesehen habe."

„Dann ist er unser Mann. Er ist zu so etwas fähig."

„Jacob Bennett hatte ihn dabei beobachtet und ihn vor
der Polizei gerettet. Dann hat er ihn im Rainbow-Kinder-
heim versteckt. Natürlich, um ihn für seine Zwecke aus-
zunutzen."

„Er hat ihn gefoltert, damit er einwilligt auch seine
Mutter zu töten." Herb sprach mehr zu sich.

„Korrekt. Doch Chuck wurde erwischt und an die
Polizei ausgeliefert. Die haben natürlich nichts von dem
angezündeten Haus gewusst. Man war von einem Verbrechen ausgegangen und Chuck hätte sich vor Angst
versteckt. Er hat Jacob Bennett nie verraten."

„Aber er hat seine Wut nie überwunden."

„Das gilt es jetzt herauszufinden. Die Polizei in
Bronxville hatte ihn in ein Kinderheim gesteckt. Ich
konnte nur über viele Umwege herausfinden, wo er sich
nun aufhält."

„Raus mit der Sprache." Herbs Ungeduld wuchs.

„Er lebt seit ein paar Monaten hier in Chicago." Mitchell
hielt Herb einen Zettel entgegen.

„Was für ein komischer Zufall." Herb bedachte Anna
mit einem bösen Blick. „Ich fahre dort hin, schau mir
den Kerl mal genauer an. Sagt Alex und Natalie Bescheid,
wenn sie so weit sind. Sie können nachkommen." Seine

letzten Worte galten Anne. „Ich werde beweisen, dass Natalie nichts damit zu tun hat. Dann kannst du dich anschließend in Grund und Boden schämen." Herb warf sich seine Jacke über die Schulter und hastete aus dem Büro.

Anna blickte ihm mit hängender Kinnlade hinterher.

„Herb, du solltest dort nicht allein hinfahren." Mitchell rief umsonst, Herb hörte ihn nicht mehr.

Herb schaltete das Radio ein und hörte die Nachrichten, die über den dritten Fund berichteten. *Nach Informationen aus zuverlässiger Quelle heißt es, dass der fünfzehnjährige Junge den Angriff überlebt hat.* Herb schaltete das Radio aus. Er fuhr auf die Interstate. Sein Handy klingelte, doch er nahm den Anruf nicht entgegen. Als er an dem Haus des mutmaßlichen Täters ankam, bot sich ein Bild friedlicher Stille. Nichts machte den Anschein, dass sich hinter den Fenstern ein Serienkiller verstecken würde. Herb hoffte auf den Überraschungseffekt. Charles Havering wusste nicht, dass Natalie das Tagebuch gefunden hatte. Er wusste sicher nicht einmal, dass es existierte. Jacob Bennett hatte seine Folter an dem Jungen bis ins Detail aufgeschrieben. Herb saß noch eine Weile in seinem Auto, bis er sah, dass sich die Gardine des Nachbarhauses bewegte. Er fiel auf. Ein Auto, das niemand kannte. Ein Mann, der vor einem Haus lümmelte. Das war in der friedlichen Wohngegend auffällig. Ehe das Buschfeuer trommeln würde, lief Herb zum Haus. Er inspizierte das Namensschild: C. Havering. Darunter: ein zweiter Name. Herb runzelte die Stirn. Als die Tür geöffnet wurde, wusste Herb, warum ihm der Name bekannt vorkam. Und dann leuchtete ihm ein, dass er auch die Adresse schon einmal gehört hatte.

„Agent Harris?" Nicole Krämer. „Was kann ich für Sie tun?" Die Krankenschwester, die das erste Opfer anhand der Augen identifiziert hatte.

Jetzt war es Herb, der vom Überraschungsmoment aus dem Konzept gebracht worden war. Er räusperte sich. Das Fenster im Nachbarhaus öffnete sich. Eine ältere Dame beugte sich über die Fensterbank und tat so, als würde sie die Blumen von Unkraut befreien. „Vielleicht sprechen wir einfach in Ruhe im Haus?"

Nicole nickte und ließ Herb eintreten. „Sie kommen noch einmal wegen Marc? Ich habe im Radio gehört, dass es weitere Opfer gab?"

„Das ist richtig. Wir sind auf der Suche nach einem Serienmörder."

Nicole zuckte bei dem Wort sichtbar zusammen. „Das ist wirklich entsetzlich. Kann ich Ihnen etwas zu trinken anbieten?"

„Nicht nötig, vielen Dank."

Nicole führte Herb ins Wohnzimmer. Der Boden spiegelte das Licht, das von der Terrassentür hereinstrahlte wider. Das Zimmer war spärlich eingerichtet. Modern, minimalistisch und trotzdem wirkte es nicht kalt. Auf einem Schaukelstuhl in der Mitte des Raumes saß ein Mann, der in einer Zeitung las. Das Gesicht zeigte in die andere Richtung. Eine Rauchwolke stieg nach oben. Herb nahm den Geruch von Pfeifentabak wahr.

„Liebling, das FBI ist da."

Für einen kurzen Moment blieb alles still, der Stuhl hörte auf zu schaukeln, nur eine weitere Rauchwolke stieg nach oben. Dann stand der Mann auf.

„Das FBI? In unserem Haus? Was hast du angestellt?"

Nicole kicherte. „Es geht um die Figur. Ich habe dir doch davon erzählt."

Charles Havering lief auf Herb zu und musterte ihn mit zusammengekniffenen Augen. Er reichte ihm die Hand.

Herb hielt dem Blick stand. Binnen eines kurzen Moments erkannte er die Erkenntnis in den Augen des Mannes.

„Ich bin Charles Havering. Der Lebenspartner von Frau Krämer."

„Ich weiß, wer Sie sind. Ich bin Agent Harris."

Stille. Havering räusperte sich. „Nicole, vielleicht magst du zum Bäcker laufen und ein paar Teilchen besorgen? Unser Gast soll sich doch wohlfühlen. Nicht wahr?"

„Aber, ich dachte …"

Herb überlegte, ob er Nicole wirklich gehen lassen sollte. Er entschied sich dafür. In der Hoffnung, dass er so ein Geständnis aus Havering locken könne. „Ich hätte nichts dagegen. Mein Frühstück war heute Morgen sehr spärlich."

Nicole zuckte mit den Schultern und verließ das Haus.

„Sie wollen meine Partnerin erneut befragen? Wissen Sie, sie lebt erst drei Monate hier. Das Ganze hat sie sichtlich aufgewühlt. Sie kann Ihnen nichts Hilfreiches bieten."

„Sie vielleicht nicht. Aber ich erhoffe mir etwas von Ihnen, Chuck."

Das Gesicht des Mannes wurde bleich. Herb beobachtete den Adamsapfel auf- und abspringen. „Woher?"

„Woher ich weiß, dass Sie Ihr Vater Chuck genannt hat?"

Mehr als ein Nicken brachte Charles nicht zustande.

„Ihnen sagt der Name Jacob Bennett etwas?"

Havering räusperte sich und langsam erlangte er seine Fassung wieder. „Sollte ich ihn kennen?"

„Ich würde den Mann, der mir mein Leben zur Hölle gemacht hat, nicht so einfach vergessen."

„Nun, Sie wissen ja anscheinend mehr als ich. Möchten Sie mich vielleicht aufklären?"

„Wir haben ein Tagebuch gefunden. Jacob Bennett hat alles aufgeschrieben, was er Ihnen damals angetan hat."

„Dann wissen Sie, welch ein unangenehmer Zeitgenosse er war."

„Sie müssen sehr wütend auf ihn sein."

„Ich verstehe nicht?" Charles hob die Hände nach oben. Er spielte den Ahnungslosen.

„Die Morde. Jemand, der sehr sauer auf Bennett ist, möchte nichts unversucht lassen, ihn tot zu sehen. Sie haben einen der gewichtigsten Gründe."

Der Mann lief im Zimmer Kreise. „Oh, ich glaube, es gibt noch ein paar mehr, die ein Motiv hätten."

„Wie witzig, dass Sie erst vor kurzem nach Chicago gekommen sind. Das ist schon ein merkwürdiger Zufall."

„Ich bin arbeitsbedingt hergekommen. Ich war beruflich in Deutschland unterwegs. Dort habe ich Nicole kennengelernt. Ich wäre dort geblieben, aber dann bekam ich hier ein top Angebot. Glücklicherweise hat mich Nicole begleitet."

„Wie rührend." Herb setzte ein falsches Grinsen auf. Er ließ Havering nicht aus den Augen. Sein Handy vibrierte in der Hosentasche.

„Seine Exfrau, Natalie Bennett, sie hätte doch auch einen Grund, nicht wahr?"

Herbs Herz setzte einen Schlag aus. Abwechselnd strömte Kälte und Hitze durch seinen Körper. Woher wusste er das?

„Sie schauen mich so überrascht an. Ich gebe zu, Jacob hat mit mir ein böses Spiel gespielt, doch das, was er seinem Sohn angetan hat, das wäre wohl eher ein Grund, ihn tot sehen zu wollen."

„Woher wissen Sie das?"

„Nun ja, ich war nicht ganz ehrlich zu Ihnen. Es war kein beruflicher Anlass, weshalb ich nach Deutschland abgehauen bin. Es war eher eine Flucht." Havering setzte sich wieder in den Schaukelstuhl. Er schwang sein rechtes Bein über das linke und zeigte mit der Hand auf das gegenüberstehende Sofa.

Herb zögerte kurz, gab dann aber seiner Erschöpfung nach, um seinem Körper etwas Ruhe zu gönnen. Er platzierte sich so, dass er Havering und die Tür gut im Blick hatte. „Flucht vor was?"

„Vor Jacob Bennett. Vor etwa drei Monaten traf mich fast der Schlag, als dieses Arschloch wieder vor meiner Tür stand."

„In Bronxville?"

„Vor dem Haus meines Vaters. Meines leiblichen Vaters. Als ich aus dem Heim gekommen war, hatte ich es bezogen. Das war nicht leicht, nach allem, was passiert war."

Herb prustete los. „Sie können ja noch von Glück reden, dass Sie überhaupt auf freien Fuß gekommen sind. Ich meine, schließlich haben Sie Ihre Eltern angezündet."

Charles schluckte. „Das sollte mich mein ganzes Leben verfolgen. Jacob hat mich damit erpresst."

„Das wissen wir. Warum ist er bei Ihnen aufgetaucht?"

„Er wollte sich verstecken. Hat mir wieder mit den alten Kamellen gedroht. Dass er der Welt erzählen wird, was ich getan habe."

„Sie haben ihn bei sich versteckt?"

„Was blieb mir anderes übrig? Ich hatte einen angesehenen Job, war beliebt. Mein ganzes Leben lief wieder geordnet."

„Bis Bennett vor Ihrer Haustür stand." Herb spürte, wie sich die Schlinge um seinen Hals zuzog. Er war allein mit einem Schwerverbrecher, dem Geständnis nah. Er hoffte, dass Alex bald auftauchen würde.

„Ich habe ihm das Zimmer im Keller angeboten." Havering lachte. „Schon witzig, ein Keller verbindet uns seit der Kindheit. Eines Abends kam er sturzbetrunken nach oben. Er erzählte, was er mit seinem Sohn gemacht hatte. Und mit den anderen Kindern." Charles wirkte aufrichtig erschrocken. „Ich wusste, ich habe es mit einem Psychopathen zu tun. Am nächsten Tag bin ich mitten in der Nacht verschwunden. Er hätte mich nie im Leben in Ruhe gelassen."

„Und nun bringen Sie Kinder um, damit irgendjemand Jacob Bennett tötet?"

„Haben Sie mal Ihre Kollegin gefragt? Hätte Sie nicht viel mehr davon, ihn tot zu sehen?"

„Sie war bei uns. Sie kann es nicht gewesen sein." Das war nicht die ganze Wahrheit, doch die würde er dem Mann nicht unter die Nase reiben.

„Agent Harris." Die Mimik von Charles nahm eine andere Mimik an. Sie wirkte bedrohlich. „Verstehe ich Sie also richtig? Sie verdächtigen mich?"

„Es sprechen einige Hinweise dafür. Ich würde vorschlagen, Sie begleiten mich und wir reden über die Sache."

Charles stand auf. „In Ordnung. Sollte ich einen Anwalt rufen?"

„Das wäre keine schlechte Idee. Ich belehre Sie, dass Sie Tatverdächtiger einer Straftat sind." Dann jagte ein heftiger Schmerz durch Herbs Kopf. Um ihn herum wurde alles dunkel.

26

„Dieser Vollidiot. Man müsste ihm den Kopf abreißen."
Alexander schoss über die Interstate.

Natalie hielt sich am Dachgriff fest, wackelte mit dem Körper im Rhythmus der Kurven.

Alex versuchte seit einigen Minuten, Herb zu erreichen.

„Er wird sich mit Havering unterhalten. Er wird sicher jede Gefahr in Betracht ziehen."

Alexander biss sich auf die Zähne, was Natalie an seinem angespannten Kiefermuskel erkannte. „Warum macht hier eigentlich jeder, was er will? Wozu gibt es beim FBI überhaupt Regeln?"

Natalie schluckte eine Antwort hinunter. Als Alex wegen einer roten Ampel auf die Bremse stieg, umklammerten ihre Finger den Griff fester, flog aber trotzdem nach vorn. Sie bremste sich mit der Hand auf der Aufschrift „Airbag" ab. „Es bringt nichts, wenn wir gleich im Straßengraben liegen."

„Natalie, bitte gib du mir keine klugen Ratschläge."

Natalie verstand seine Wut, doch langsam ärgerte es sie, dass er nicht damit rausrückte, was genau ihn so wütend machte. „Verdammt Alex, was tue ich hier? Wenn ihr doch alle der Meinung seid, dass ich hier fehl am Platz bin, dann schmeiß mich doch raus."

Alexander wechselte einen kurzen Blick von der Straße zu ihr. Doch lange konnte er ihr nicht in die Augen schauen.

„Na los, nun sag es doch. Du glaubst auch, dass ich dahinterstecke, stimmts?"

„Ich weiß, dass du es nicht warst."

„Aber, dass ich mit drinstecke?"

Alex erwiderte nichts. Er fuhr an, als die Ampel auf Grün schaltete. Musste jedoch wieder abbremsen, als vor ihm eine ältere Dame ihren Wagen abgewürgt hatte. Alexander verdrehte genervt die Augen und schmiss seine Hände nach oben. Die Oma winkte freundlich und startete den Motor neu. Beim Anfahren heulte der Motor auf. „Irgendetwas an dir ist merkwürdig."

„Könntest du etwas genauer werden?" Natalie verschränkte ihre Arme.

„Nein, eben nicht. Ich weiß nicht, was ich denken soll. Du verschwindest einfach so mir nichts, dir nichts. Hinterlässt diesen Brief. Du hättest dir denken können, dass wir uns Sorgen machen. Mal abgesehen von dem ganzen Ärger, den du da machst."

„Ich weiß, das war nicht in Ordnung. Aber ich brauchte eine Auszeit."

„Die hattest du davor auch. Gib doch zu, du wolltest Jacob jagen."

Natalie errötete. Ihre Wangen wurden heiß. Ihre Finger fummelten am Reißverschluss ihrer Jacke.

„Hast du ihn gefunden?"

Natalie antwortete nicht.

Alex bog in die Straße. Er parkte vor dem Haus von Charles Havering. „Sein Auto steht hier nirgendwo." Alex wählte noch einmal Herbs Nummer.

„Vielleicht ist er schon auf dem Rückweg."

„Nein, hier stimmt was nicht."

Die Ermittler klingelten.

Nicole Krämer öffnete die Tür. „Agent Johnson? Sie kommen heute alle einzeln vorbei?"

„Frau Krämer, ist Agent Harris noch bei Ihnen?"

„Nein, ich habe mich auch gewundert. Ich bin extra los, um Kuchen zu holen. Aber Charles sagt, er hatte es auf einmal sehr eilig."

„Ist Charles Havering ihr Lebensgefährte?"

„Ja, ihm gehört das Haus."

„Ist er zu sprechen?"

„Ich verstehe nicht? Sie kommen doch wegen Marc, oder?"

„Im Grunde schon." Alex lief an Nicole vorbei.

„Hey, was soll denn das?" Die Krankenschwester rannte hinterher.

„Wir müssen dringend mit Charles Havering sprechen. Wo finden wir ihn?"

„Ich bin hier. Wer sind Sie?"

„Agent Johnson, FBI. Das ist meine Partnerin Agent Bennett."

Natalie erstarrte, als der Blick des Mannes sie traf. Ein Lächeln umschmeichelte seine Lippen, sodass ihr ein Schauer über den Rücken lief. Seine Augen durchbohrten ihr Inneres.

„Sieh mal einer an. Dass ich Sie einmal kennenlernen darf."

Alexander schaute Natalie fragend an.

Sie zuckte mit den Achseln. Sie wusste nicht, woher Charles sie kannte.

„Ihr Exmann konnte gar nicht aufhören, von Ihnen zu erzählen."

Nicole wechselte mit dem Blick von einem zum anderen, als schaue sie bei einem Tennisspiel zu. „Charles?" Ihre Stimme klang zart. Sie zitterte. „Woher kennst du diese Frau?"

„Das ist eine lange Geschichte. Ich erzähle sie dir ein anderes Mal."

„Havering, wo ist unser Kollege Agent Harris?"

„Das weiß ich nicht. Er hat einen Anruf bekommen, dann war er mit einem Mal verschwunden. Das war sehr unhöflich. Nicole hatte extra Kuchen geholt."

Natalie entging nicht, wie etwas in den Augen des Mannes aufblitzte.

Alexander schien es ebenfalls bemerkt zu haben. „Charles Havering, ich nehme Sie wegen des dringenden Verdachts des Mordes fest. Ebenso besteht die Annahme der Freiheitsberaubung eines FBI-Agenten."

Natalie runzelte die Stirn, verhielt sich jedoch still.

„Was soll der Unfug?" Nicole kreischte hysterisch. „Sie können doch nicht einfach wahllos jemanden festnehmen. Charles? Nun mach doch was!"

„Ruf meinen Anwalt an, Liebes." Charles ließ sich widerstandslos die Handschellen anlegen. „Ich bin in ein paar Stunden wieder zu Hause."

Alexander packte ihn am Arm und zerrte ihn zur Eingangstür.

Charles' Gesicht verzog sich zu einer Grimasse. „Ich glaube nicht, dass es zulässig ist, jemanden beabsichtigt zu verletzen. Ich leiste keinen Widerstand."

Natalies Herz klopfte. Woher kannte Havering sie?

Alex brachte Havering in den Verhörsaal. „King, du vernimmst ihn mit mir."

„Alex, bitte. Ich möchte dabei sein." Natalie schaute ihn flehend an. „Ich muss wissen, was er sagt."

Anna stöhnte im Hintergrund.

„Was?" Natalie ärgerte das Verhalten der Freundin. „Hast du mir irgendetwas zu sagen?"

Anna verschränkte die Arme und wippte mit dem rechten Fuß wie ein trotziges Schulmädchen. „Du kannst auch hören, was er sagt, wenn du draußen stehst. Oder hast du die Bedingungen des FBI schon vergessen, bei den vielen Auszeiten, die du brauchst?"

„Anna, es reicht. Dein infantiles Verhalten ist jetzt unangebracht. Du kannst gern nachher Klartext reden." Natalie drehte sich zu Alex. „Bitte, Alex. Ich möchte dabei sein."

Alexander gab ein kurzes Nicken, bei dem sich Natalie unsicher war, ob es Zustimmung bedeutete. „Aiden, Herb gilt als verschwunden. Fahndet nach seinem Auto. Lasst die Nachbarn von Havering befragen, ob jemand etwas gesehen hat. Lass das Handy orten."

Aiden und Anna eilten an die Telefone.

„Kann ich mich darauf verlassen, dass das da drinnen professionell abläuft?"

Natalie nickte. „Selbstverständlich."

Sie betraten den Raum. Charles lächelte freundlich. „Wie schön, dass wir uns noch ein bisschen unterhalten können, Agent Bennett."

Natalie setzte sich wortlos an den Tisch.

Alex blieb an der Tür stehen. „Wo ist Herb Harris?"

„Das habe ich Ihnen doch gesagt, er hat das Haus verlassen."

„Erzählen Sie keinen Mist."

„Er war ganz schön durcheinander. Ich habe ihm verraten, dass Jacob Bennett bei mir aufgetaucht ist, in Bronxville. Er hatte mich erpresst."

„Weiter?"

„Der Gute war etwas blass um die Nasenspitze. Ihr Kollege ist wirklich nicht mehr geeignet für diesen Beruf. Er sollte sich seine letzten Tage nicht mehr mit solch einem Stress kaputtmachen. Die wenige Zeit, die ihm noch bleibt."

Alexander runzelte die Stirn. „Was wollen Sie damit sagen?"

„Was, Sie wissen es nicht? Das wundert mich. Jacob hatte mir erzählt, dass Sie eine große Familie sind."

„Hören Sie auf, in Rätseln zu sprechen."

„Agent Harris wird vom Krebs zerfressen. Sie müssen doch gesehen haben, wie er die letzten Monate abgebaut hat."

Natalie drückte ein Kloß im Hals. Sie hatte es bemerkt, noch vor wenigen Stunden im Auto. Da hatte sie erkannt, wie blass er gewesen, wie mager er geworden war. „Woher wissen Sie davon?"

„Nun ja, sagen wir es mal so: Ich habe da meine Kontakte."

Alexander schlug die Faust auf den Tisch. „Es reicht mir!" Er stellte sich aufbäumend vor Havering. Packte seinen Hemdkragen. „Sie sagen mir jetzt sofort, was Sie wissen, oder es wird ernsthafte Folgen haben."

Der Gefangene schmunzelte. „Ist ja gut. Sie sollten auf Ihren Blutdruck achten. Ich habe eine Bekannte, die im Westchester arbeitet. Ich habe Agent Harris gesehen, als er bei ihr aus der Sprechstunde kam. Gestern Abend. Sie hat es mir erzählt."

„Das darf sie nicht." Natalie kam sich töricht vor, nachdem sie die Worte ausgesprochen hatte. Es gab viele Sachen, die nicht sein durften, die jedoch trotzdem passierten.

„Das ist mir klar. Sagen wir, die Gute schuldete mir noch einen Gefallen." Havering zwinkerte.

„Reden Sie weiter!", forderte Alex ihn auf.

„Er hat Krebs und man kann ihn nicht heilen. Mehr weiß ich auch nicht." Er hob die Schultern. „Vielleicht nimmt er sich nur eine Auszeit."

Alex und Natalie schwiegen einen Moment. Jeder überlegte nach einer Strategie, um fortzufahren.

Alex massierte sich die Stirn. „Was haben Sie mit den Morden bezweckt?"

„Ich bin nun wirklich etwas beleidigt. Sie sollten mir erst einmal sagen, wieso Sie glauben, dass ich das war!" Er schaute Natalie tief in die Augen. „Sie haben ja auch einen ziemlich guten Grund, Jacob tot sehen zu wollen, nicht wahr?"

Natalie wollte etwas erwidern, doch Alex hielt sie zurück. Er fixierte Havering, der sich gezwungen fühlte weiterzusprechen.

„Jacob hat mir alles erzählt. Ich musste mir das alles anhören." Er zeigte die Hände hoch. „Mir wäre es wohler, wenn Sie die Handschellen abnehmen. Ich komme mir vor wie ein Schwerverbrecher."

Alexander zögerte einen kurzen Moment, dann nahm er ihm die Handschellen ab. Es widersprach jeglichen Regeln, doch Natalie wusste, dass er nur noch Herb finden wollte. Also gab er dem Gefangenen das Gefühl, dass er auf ihn einginge.

„Jacob war betrunken, als er sich zu mir in die Küche gesetzt hat. Er hat mir jedes Detail erzählt. Von Liam, von Ihrer Ehe."

„Hören Sie auf!" Natalies Herz schlug bis zum Hals.

„Ich hatte auch keine Wahl. Glauben Sie, ich wollte mir sein Gejammer anhören? Wie ein erbärmliches Baby hat er gewimmert. Weil er nicht von Ihnen geliebt wurde." Havering rollte mit den Augen.

Natalie erstarrte. Hatte Jacob das geglaubt?

„Machen Sie sich keinen Kopf. Er hat Sie auch nicht geliebt. Er brauchte nur eine Alibifamilie. Damit er als angesehener Kinderarzt seine dunkle Seite ausleben konnte. Niemand hatte damit gerechnet, was der feine Herr Doktor sonst so trieb. Es war ihm auch egal, dass Sie mit Agent Johnson gevögelt haben."

Alexander drehte sich zu Natalie. Die reagierte nicht. Wie durch eine Glocke nahm sie die Worte von Havering wahr.

„Ach, na sowas. Sie haben es ihr nicht gesagt, Agent Johnson? Dass Sie auf sie stehen? Das hatte Jacob immer gewusst. Aber es war ihm egal." Der Mann grinste.

Alex stellte sich neben Charles. „Sie verdammtes Arschloch."

„Agent Bennett? Möchten Sie wissen, wie ihr Liam gestorben ist?"

Natalies Druck auf den Kehlkopf verstärkte sich. Sie sah Bilder ihres Sohnes vor sich aufblitzen. Mit weinendem Gesicht rief er nach seiner Mama.

„Liam hat ihn genervt. Er hat immer nach seiner Mutter geschrien. Jacob konnte machen, was er wollte. Liam war ein kleines Mutterbaby." Haverings Hände zitterten. „Er hat ihn hinter das Gebüsch gelockt. Wollen Sie wissen, wie er es gemacht hat?"

Natalie wollte nicht, doch ihr Kopf nickte von ganz allein.

„Mama ist dort hinten. Komm, ich bring dich zu ihr. Das hat er ihm gesagt."

Natalies Augen wurden feucht.

Alexander ballte die Hände.

„Er hat ihm einfach das T-Shirt über das Gesicht gezogen und gewartet, bis er sich nicht mehr bewegt."

„Hören Sie auf!" Alexander zog den Stuhl nach hinten.

Charles sprang auf, machte einen Satz auf Natalie zu und schlang seinen Arm um sie. „So hat er mir das Messer an die Kehle gehalten. Damit ich seine Mutter töte. Haben Sie sie gekannt? Sie war genauso böse wie ihr Sohn."

„Lassen Sie sie sofort los." Alexander richtete seine Waffe auf die beiden.

„Na los, schießen Sie schon. Ich nehme Ihre kleine Freundin mit. Vielleicht sollten Sie ihr endlich Ihre Liebe gestehen. Es ist Ihre letzte Chance."

Der Mann nutzte Natalie als Schutzschild. Sie sah Sterne vor Ihren Augen tanzen. Speichel sammelte sich in ihrem Mund, den sie wegen des Drucks auf ihrer Kehle nicht schlucken konnte.

Von hinten schlug die Tür auf, Aiden feuerte eine Kugel in das Bein des Mannes. Er schrie auf und ließ Natalie los. Sie sackte zu Boden. Havering stürzte auf sie. Die zweite Kugel traf sein anderes Bein. Blut spritzte aus dem rechten. Der Mann schrie vor Schmerzen.

„Bist du in Ordnung?", fragte Alex Natalie und hob sie hoch.

Natalie nickte und rieb sich den Hals.

„Ruft einen Krankenwagen!", rief Alex raus. Dann wandte er sich an Aiden. „Habt ihr Herb?"

„Wir haben sein Auto vor dem Westchester gefunden. Zwei Beamte sind gerade auf dem Weg zu ihm."

Charles Havering stöhnte, doch versteckt erkannte man ein fieses Lachen. „Er hat ganz schön dumm aus der Wäsche geschaut, als ich ihm eins übergebraten habe. Aber ich bin kein Unmensch. Ich hab ihn in die Klinik gefahren. Ich muss ihn nicht töten. Er stirbt doch sowieso bald von ganz allein."

Es waren die letzten Worte, bevor Charles Havering das Bewusstsein verlor.

27

„Guten Morgen. Du bist schon da?" Alexander strich sich über das Kinn.

Natalie saß an ihrem Schreibtisch und rührte gedankenverloren in ihrem Kaffee. Der Löffel klimperte an der Tasse.

Alex trat seine Schuhe auf dem Abtreter trocken. „Natalie?"

„Oh, entschuldige. Ich war in Gedanken. Auch einen Kaffee?"

„Danke. Geht es dir gut?"

„Es ist in Ordnung. Ich wusste, dass Jacob ihn ermordet hat. Aber diese Bilder. Wie er nach mir ruft. Ich werde ein paar Tage brauchen, sie loszuwerden."

„Brauchst du eine Auszeit?" Alex schmunzelte.

„Ha, ha. Witzbold. Ich wollte jetzt nochmal im Krankenhaus nach Herb sehen. Kommst du mit?"

„Warum nicht." Alex Handy klingelte. Er nahm ab. Mit seinem Mund formte er den Namen Aiden. „Das war notwendig. Mach dir keinen Kopf. Das regelt sich schnell. Du bleibst heute zu Hause."

Alex legte auf. „Charles Havering ist gestorben. King hat eine Arterie getroffen. Man konnte ihn nicht mehr retten."

Natalie zuckte mit den Schultern. „Damit ist der Fall auch erledigt. Hast du etwas von dem Jungen aus dem Josephs gehört?"

„Er liegt im Koma, die Ärzte haben nicht viel Hoffnung, dass er ohne bleibende Schäden überlebt. Aber es gibt noch Hirnaktivitäten. Er ist nicht hirntot."

„Manchmal geschehen noch Wunder." Natalie schaute zu Boden. Ihre Augen füllten sich mit Tränen. „Ich hoffe, das gilt auch für Herb. Warum hat er nicht mit uns gesprochen?"

„Du weißt, wie er ist. Ein starker Mann. Er würde niemals vor uns jammern. Aber wir können ihm nun zeigen, dass wir für ihn da sind." Alex schnappte sich seine Jacke.

Anna betrat das Büro. In der Hand hatte sie einen großen Korb mit frischem Obst, Gummibären und einer Flasche Bier. „Alex, ich wollte in die Klinik zu Herb." Sie stockte, als sie Natalie sah.

„Schöner Zufall, das wollten wir auch gerade. Wir können zusammen fahren." Natalie sah den missbilligenden Blick ihrer Freundin. Sie fragte sich, auf was Anna so sauer war.

„Ich kann allein hinfahren, wenn es dir lieber ist."

„So ein Unsinn. Reißt euch mal wieder zusammen. Wir wollen für Herb stark sein."

Die Ermittler verließen das Büro.

Alex saß kaum im Auto, als sein Handy klingelte. Es war ein unbekannter Anrufer. „Agent Johnson. FBI."

Stille. Alex Gesicht erstarrte. „Das ist ein schlechter Witz, oder?" Wie in Zeitlupe glitt die Hand samt Handy nach unten. „Das gibt es nicht. Wir müssen ins Holy-Hospital."

„Warum, was ist los?", fragte Anna.

„Es wurde eine weitere Figur gefunden." Alex fuhr los.

„Was? Aber … das ist unmöglich. Dann ist sie älter. Der Täter ist seit gestern ermittelt. Wurde sie … übersehen?" Natalie schüttelte sich, bei dem Gedanken, dass es noch ein Opfer gab. Wenn sie übersehen worden war, dann würde es unter der Maske kein schönes Bild geben. Einziger Vorteil wären die Minusgrade, die den Verwesungsprozess verzögert hätten.

„Das weiß ich nicht. Die Klinik hatte niemanden vermisst gemeldet."

„Das ist merkwürdig. Es muss doch aufgefallen sein." Natalie runzelte die Stirn. „Ich dachte, der Albtraum ist zu Ende."

Anna saß auf der Rücksitzbank und seufzte.

Natalie platzte der Geduldsfaden. Sie drehte sich zu Anna. „Meine Güte, dann sag endlich, was dich stört. Was soll dein Verhalten? Wenn du was zu sagen hast, dann tu es. Ansonsten belästige mich nicht mit deinen komischen Anspielungen." Natalie drehte sich zurück und war gespannt, ob Anna etwas erwidern würde.

Alex verhielt sich still und konzentrierte sich aufs Autofahren.

Natalies Herz klopfte. Doch in ihr brodelte seit Stunden ein Vulkan, der nun ausgebrochen war.

„Du hattest gehofft, dass der Albtraum vorbei ist? Du, wo du die Hälfte des Falles nicht da warst, um uns zu unterstützen? Ich glaube, du bist die Letzte, die sich beschweren sollte."

„Es geht dir doch gar nicht darum. Sprich doch die Wahrheit aus. Es ist ein persönliches Problem."

Anna verdrehte die Augen. „Du willst die Wahrheit hören? Ich habe die Nase voll von deinem Egotrip. Du haust einfach ab, wie es dir passt. Du lässt uns alle hängen und dann tauchst du wieder auf und glaubst, wir akzeptieren das alles? Denkst du einmal daran, wie es deinen Freunden damit geht? Geschweige denn, dass wir alle unseren Allerwertesten für dich hinhalten?"

Natalie schluckte. Anna hatte recht. Es war eine egoistische Nummer.

„Hat es dir denn was gebracht? Hast du dich befriedigt, indem du Jacob gejagt hast?"

Natalie blinzelte, um ihre Tränen zurückzuhalten. Anna jedoch war in Fahrt. Natalie hatte das Gefühl, dass sich seit Monaten etwas angestaut hatte, das nun endlich herausmusste.

„Wir waren für dich da, als du dich halb tot gesoffen hast. Wir haben akzeptiert, dass du dich immer wieder zurückziehen musstest. Wir mussten dich mit Samthandschuhen anfassen, um dich nicht noch mehr …"

„Stopp!" Natalie schlug auf das Armaturenbrett. „Ich habe euch nicht darum gebeten. Ihr habt entschieden, mir die Kindermorde zu verheimlichen. Wäre Iceman nicht bei mir aufgetaucht, hätte ich es heute noch nicht gewusst." Dieser Vorwurf ging vor allem in Alex' Richtung, der sich aus dem gesamten Gespräch heraushielt. Natalie ärgerte es, dass er dazu schwieg.

„Wie man sieht, wäre es besser gewesen, wenn du nichts davon erfahren hättest. Es hat dich ja direkt zu ihm in die Arme getrieben."

„Du weißt, dass das so nicht stimmt." Natalie war verletzt. Wann hatte Anna angefangen, so von ihr zu denken? Sie als ihre Freundin müsste doch Verständnis aufbringen. Natalie atmete erleichtert aus, als sie die Absperrung vor dem Holys-Krankenhaus sah. Mit einem Mal war sie müde. Sie hinterfragte, ob es für das Team nicht das Beste gewesen wäre, wenn sie sich vor zwei Jahren wirklich totgesoffen hätte.

„Hallo Agent Johnson, fahren Sie bis zum Hintereingang. Dort erwartet Sie mein Boss. Es sieht so aus, als handele es sich um ein weiteres Opfer des Killers."

Alexander nickte und ließ die Scheibe unten. Er wartete, bis der Beamte die Absperrung für ihn beiseitenahm und atmete geräuschvoll ein. Die kalte Luft tat Natalie gut. Sie verspürte den Drang, laufen zu gehen. Sie nahm sich vor, endlich wieder mit dem Training zu beginnen. Alexander hupte, als ein Mann auf der Straße lief und den Schnee zur Seite schaufelte. Er hatte Kopfhörer auf und wippte mit dem Kopf zum Takt. Alex haute erneut auf die Hupe, als der Mann nicht reagierte. Er ließ die Hand auf der Hupe liegen. Der Mann sprang zur Seite, entschuldigte sich mit einem Schulterzucken und fuhr mit seiner Arbeit fort.

Alex stieg aus dem Auto. Er sah mitgenommen aus. Natalie bemerkte einen heftigen Stich, denn sie war nicht unschuldig daran. Neben dem Fall, der die Bevölkerung in Angst und Schrecken versetzte, machte er sich zudem noch Sorgen um sie. Sie dachte an die Worte, die Havering gesagt hatte. War Alex wirklich in sie verliebt? Das würde sein Verhalten erklären, nachdem sie vor einem Jahr im Bett gelandet waren. Sie schüttelte den Kopf. Es war ein ungünstiger Zeitpunkt, sich damit auseinanderzusetzen.

Die Ermittler stampften über die Schneedecke. Natalie mochte den Winter. Die Kälte belebte sie. Auch die schönsten Kindheitserinnerungen hatte sie im Winter.

„Es handelt sich nicht um ein Kind."

Natalie erschrak bei der Stimme, die hinter ihr auftauchte. Sie drehte sich um.

Simmerman war gleichzeitig mit ihnen angekommen. „Ich dachte, ihr habt den Täter?"

„Haben wir. Er ist tot. Aiden King hat ihn niedergestreckt, nachdem er Natalie angegriffen hatte. Es muss sich um eine ältere Leiche handeln. Vielleicht wurde sie übersehen. Hier ist kein Seiteneingang."

Simmerman ging zu dem Opfer. Wie die anderen war die Person an einem Pfahl befestigt. „Tut mir leid, euch eure Illusionen zu nehmen. Aber ihr hattet nicht den richtigen Täter."

„Was willst du damit sagen?" Alex' Mund stand offen.

Natalie schaute in die Augen des Opfers, sie waren geöffnet. Sie schrien nicht vor Panik. Sie wurden durch kleine dünne Holzstäbe offen gehalten, die zwischen Ober- und Unterlid gesteckt waren. Natalie konnte den Blick nicht abwenden.

„Eine Menge Blut. Die Eisenstäbe wurden nicht nur oberflächlich in den Rücken gerammt. Das Opfer wurde regelrecht aufgespießt."

Es dauerte ein paar Sekunden, bis die Information durch sämtliche Gehirnwindungen gelangt war, bis sie im Zentrum des Verstehens ankam. Natalie schrie. Sie schrie so laut, dass alle erstarrten.

28

Ihr Schrei hallte über die Straße vor dem Krankenhaus. Er erschütterte bis ins Mark. Zitternd saß sie im Schnee, wippte vor und zurück. Wiederholt schrie sie: „NEIN!"

Anna starrte auf die Leiche. Der vom Krebs gezeichnete Körper lag reglos am Boden. Die weiße kalte Haut steckte in einem Sack. An seinem Hals hing ein scharfes Jagdmesser, dessen Griff in einer aus Gips gegossenen Hand steckte. Es sollte symbolisieren, dass ihm jemand die Kehle aufschlitzen würde.

Ich habe Chuck das Messer an die Kehle gehalten, habe ihm gezeigt, wie er meine Mutter töten soll. Ich war erregt und konnte mich nur mit Mühe zurückhalten, die scharfen Klingen nicht in seine Kehle zu rammen. Ich habe seine Angst gerochen. Dieser Bastard wollte sich weigern. Ich hätte ihm auf der Stelle die Halsschlagader durchtrennen können, doch ich wollte meine Mutter tot sehen.

Natalie sah die Zeilen aus Jacobs Tagebuch vor ihren Augen. Eines, seiner letzten Einträge. Natalie erhob sich vom Boden. Sie kniete sich neben Herb auf den Boden und streichelte über die eisige Stirn. Sie sah den Stolz in seinem Gesicht. Er hatte in seinen letzten Minuten keine

Angst gezeigt. Er war der mutige Mann, dem niemand Angst machen konnte, so wie er es immer war. „Herb, es tut mir so unendlich leid." Tränen liefen über ihre vor Kälte geröteten Wangen. Sie beugte sich vor und küsste seine Stirn.

Alexander, dem der Schock genauso im Gesicht abzulesen war, hielt seine Hand auf ihre Schulter. „Du musst ihn loslassen, Natalie. Die Spurensicherung ist noch nicht so weit. Bitte."

Natalie stand auf. Sie sah, wie Anna an einem Baum lehnte und in ein Taschentuch schluchzte. Als sie sie in den Arm nehmen wollte, schubste Anna sie von sich. „Das ist deine Schuld. Du hast ihn getötet."

„Was redest du da, ich würde niemals … das kannst du doch nicht ernst meinen? Er war mein Freund."

„Er ist nur zu Havering gefahren, um mir zu beweisen, dass du nicht die Täterin bist. Havering kann es nicht gewesen sein. Er ist tot. Wo warst du heute Nacht?"

Die Worte ihrer einst guten Freundin drangen nur gedämpft zu ihr vor. Zu groß war der Schmerz. Wie konnte Anna denken, dass sie Herb umgebracht hat?

„Anna, bitte. Wir stehen alle unter Schock." Alexander hob die Hände beschwichtigend.

„Natürlich, du frisst ihr ja aus der Hand. Der lieben Natalie Bennett. Das hat Herb auch getan. Warum musste er sterben? Ist er dir auf die Schliche gekommen?"

Natalie antwortete nicht. Sie ging zur Seite und setzte sich auf den Gehsteig. Die Kraft in ihren Beinen ließ nach.

„Es reicht, Anna. Du gehst jetzt besser etwas frische Luft schnappen. Wir haben gerade unseren Partner verloren."

Anna pfiff durch die Zähne und stampfte davon.

Simmerman rief Alex. „Also ich war nicht wirklich ein Freund von Harris, aber das hat er nicht verdient. Es tut mir sehr leid um euren Verlust, Alex. Das meine ich ehrlich." Dann schaute er auf die Leiche. „Er ist nicht erstickt. Er hat sich auch nicht gewehrt. Oder hat versucht, der Lage zu entkommen. Keine einzige Spur davon. Er ist schlichtweg verblutet."

„Danke. Ich rufe im Westchester an. Denen muss doch aufgefallen sein, dass er verschwunden ist."

Alex setzte sich neben Natalie, die zusammengekauert zitterte. Alex wählte die Nummer des Westchesters und bekam die gleiche Antwort, wie damals, als er sich nach Herbs Zustand erkundigen wollte. „Ich weiß, dass Sie mir keine Auskunft geben dürfen. Aber Herb Harris wurde gerade ermordet aufgefunden. Es ist demnach eine Ermittlung. Also, haben Sie ihn als vermisst gemeldet?"

„Nein, Agent Harris hat die Klinik freiwillig verlassen. Er kam bewusstlos hier an, vielmehr wurde er von einem Freund gebracht. Es war nur eine leichte Kopfverletzung."

„Haben Sie ihn entlassen?"

„Das nicht, wir hätten ihn lieber noch eine Weile beobachtet. Aber Agent Harris wollte gehen. Er wurde von einer Frau abgeholt."

„Von einer Frau? Haben Sie einen Namen?"

„Nein, danach haben wir nicht gefragt. Es sah nicht so aus, als wäre er gezwungen worden mitzugehen. Er wollte die Klinik verlassen."

„Wie sah sie aus?"

„Schätzungsweise Ende vierzig, schwarzes Haar. Roter Pulli, dunkelblaue Jeanshose. Sie trug Pumps. Eine hübsche Frau. Markant war ihr roter Lippenstift."

„Wann hat Agent Harris die Klinik verlassen?"

„Das war in der Tat etwas merkwürdig. Mitten in der Nacht."

„In Ordnung. Es wird jemand vorbeikommen und Ihre Aussage aufnehmen. Vielen Dank für Ihre Hilfe." Alex legte auf. Er hatte das Telefonat auf laut gestellt, damit Natalie mithören konnte.

„Glaubst du, Nicole Krämer hätte das geschafft?" Natalie blinzelte ihre Tränen weg.

„Wer sollte es sonst gewesen sein?" Alex stand auf. „Roter Lippenstift, Pumps. Ihr Markenzeichen. Fragt sich nur, wie sie geschafft hat, dass ihr Herb freiwillig gefolgt ist."

In diesem Moment rief Simmerman erneut. „Der Täter hat euch eine Botschaft hinterlassen. Sie klingt beunruhigend."

Es ist der Falsche gestorben. Jacob Bennett sollte sterben, stattdessen haben Sie meinen Mann getötet. Jetzt werden Sie alle dafür büßen.

Alex wollte gerade sein Handy nehmen und eine Fahndung nach Nicole Krämer herausgeben, als zwei Schüsse fielen und ein Gewirr aus Kreischen und Hilferufen ertönte. Alex sah sich um.

Natalie war aufgesprungen.

Nicole Krämer hielt die Waffe an Anna Halls Schläfe.

Alex und Natalie zogen zeitgleich ihre Waffen und richteten Sie auf Nicole.

„Nehmen Sie sofort die Waffe runter und lassen Sie Agent Hall gehen." Natalie wusste, dass es ein sinnloser Versuch war, die Frau zur Vernunft zu bringen.

„Das hätten Sie wohl gern. Sie haben mir meine große Liebe genommen. Dafür werden Sie jetzt bezahlen."

„Das mit Ihrem Freund bedauern wir sehr. Es war ganz sicher nicht gewollt."

„Reden Sie keinen Unsinn. Sie dachten, wenn er weg ist, hören die Morde auf. Aber es war sein Werk. Und ich werde es zu Ende bringen!"

Natalie schwitzte. Ihre Hand war nass, die Waffe lag nur locker in der Hand. Sie wechselte einen kurzen Blick mit Alex, dann legte sie die Waffe auf den Boden und hob die Hände. „Hören Sie, ich muss gestehen, ich bin wirklich beeindruckt von Charles Havering. Das Ganze hier zu inszenieren, nur um Jacob Bennett zu rächen. Sie wissen, wer ich bin?"

„Sie sind seine Exfrau. Chuck hat mir gestern von Ihnen erzählt. Er hat gesagt, Sie würden ihn selbst am liebsten töten."

„Das ist richtig." Natalie schluckte und spürte Annas Blick auf sich. Trotz der bedrohlichen Situation erkannte sie zwischen der Angst auch ihre Wut auf sie. „Jacob Bennett hat es nicht verdient zu leben. Chuck hatte recht. Was er seinetwegen erleben musste, das muss gerächt werden."

Nicole runzelte die Stirn.

„Wissen Sie, ich habe ihn gesucht. In Bronxville. Während Charles all das hier getan hat."

„Und? Haben Sie ihn gefunden?"

Natalie wurde rot. Sie traute sich nicht, zu Alex zu gucken. „Ja, ich habe ihn gefunden."

Die zwei Frauen schauten sich in die Augen.

„Haben Sie ihn … getötet?" Nicole leckte sich über die Lippen. Sie war so gespannt auf die Antwort, dass sie nachlässig wurde. Der Griff um Annas Hals lockerte sich. In dem Moment, als Nicole die Waffe hinunternahm, sprang Aiden King von hinten an Sie heran. Ein Schuss löste sich. Anna schrie auf. Sank auf den Boden. Aiden riss Nicole auf den Boden.

Sie wehrte sich. „Haben Sie ihn getötet?", schrie sie fortlaufend.

Aiden griff nach Nicoles Handgelenk, in der die Waffe lag. Noch ein Schuss fiel. Nicole wand sich, versuchte sich aus der Umklammerung zu befreien. Natalie rannte zu den Kämpfenden. Als sie die Waffe aus der Hand nehmen wollte, traf etwas Hartes ihre Nase. Ihr Kopf schoss nach hinten, der Schmerz jagte durch ihr Gesicht. Für einen kurzen Moment sah sie Sterne vor sich tanzen. Nicole hatte den Kopf angehoben, um Natalie daran zu hindern, die Waffe zu nehmen.

„Sie kleine Schlampe", hörte sie Aiden schimpfen. Er setzte sich auf ihre Beine. „Sie hören jetzt auf!"

Natalie holte tief Luft und packte sich die Waffe. Dann drehte sie Nicole mit Aiden auf den Bauch und legte ihr Handschellen an.

Als Aiden Nicole hochhob, standen sich die Frauen gegenüber. Schweigen. Nicole schaute Natalie tief in die Augen. Dann fing sie an zu kichern. „Sie haben es getan, nicht wahr? Sie haben ihn getötet."

„Gehen wir!" Aiden brachte Nicole weg.

Alexander kümmerte sich um Anna, die eine Kugel in den Fuß abbekommen hatte.

Natalie bemühte sich nicht noch einmal, ihr zu Hilfe zu kommen. Sie war erschöpft. Aus ihrer Nase tropfte Blut. Sie drehte sich um und lief. Sie wusste nicht, wie lange sie lief, wusste nicht wohin. Natalie wollte einfach nur weg. Mal wieder.

29

Es klopfte an der großen Fensterscheibe, die Alex' altes Büro vom Großraumbüro trennte. Aiden King trat ein. „Warum sitzt du nicht in deinem neuen Büro?"

Alex zuckte mit den Schultern „Gewohnheit. Hier habe ich euch besser im Blick." Sein Lächeln war nur ein hilfloser Versuch, die letzten Stunden zu ertragen. Seine Augen spiegelten etwas anderes wider.

„Nicole Krämer hat ausgepackt. Ihr Anwalt hofft auf einen Deal."

„Da kann er hoffen, bis er schwarz wird. Sie hat unseren Mann getötet." Alexander stand auf, lief im Zimmer auf und ab. „Dafür wird sie in der Hölle schmoren."

Aiden setzte sich auf einen Stuhl. „Er wird fehlen." Auch ihm sah man die Trauer um Herb an, selbst wenn sie nie die besten Freunde gewesen waren.

Alex nickte. Herb war sein Freund gewesen. Es tat ihm in der Seele weh, dass der schwer kranke Mann solche schrecklichen letzten Stunden in seinem Leben erleiden musste. „Er hätte vor seinem Tod eine Party verdient. Gemäß seiner Vorstellung. Weiber, Bier."

Aiden schmunzelte und nickte. „Sein Tod entsprach seinem Geschmack. Er hätte sich nicht von dem Krebs in die Knie zwingen lassen wollen. Lieber als FBI-Agent sterben."

„Da hast du recht", erwiderte Alex.

„Für Bennett war Chuck wirklich ein Glücksgriff. Chuck zu quälen, damit er ihn dafür benutzen konnte, seine Mutter zu töten. Hat wirklich nie jemand geahnt, was er in Wahrheit für eine Person ist?"

„Augenscheinlich nicht." Alex zuckte mit den Schultern. „Für den Mord an seinen Eltern wurde Charles Havering wirklich nie belangt?"

„Nein, man hatte den Fall damals abgeschlossen. Täter unbekannt. Als Havering wegen des Einbruchs bei Frau Bennett festgenommen wurde, hatte er den Beamten eine rührende Story aufgetischt. Er wäre vor den Tätern geflüchtet und hätte sich versteckt. Von Bennett hatte er aus Angst nichts erwähnt."

„Und die sind nicht hellhörig geworden? Ein Zwölfjähriger, der mit einem Messer auf eine Frau losgeht. Das muss doch verdächtig gewesen sein. Dass er dann auch am Mord seiner Eltern Schuld haben könnte, muss doch in Betracht gezogen worden sein."

„Da hatte er ebenso vorgesorgt. Ein verdammt cleveres Kerlchen, sag ich dir. Er hatte ausgesagt, dass er die Frau nicht töten wollte. Nur erschrecken, um an Geld zu kommen. Hatte auf die Tränendrüse gedrückt und gesagt, dass ihn der Hunger dazu getrieben hätte."

„Und das hat dem Richter natürlich das Herz erweichen lassen."

„Er ist trotzdem durch die Hölle gegangen. Im Kinderheim hatte er nichts zu lachen. Er war das neue Kind und da wurde der ganze Frust der anderen abgeladen." Beide schwiegen für einen Moment.

„Dieser Bennett geht mir so langsam gewaltig auf die Nerven." Aidens Blick verfinsterte sich. „Wir müssen ihn finden. Das sind wir Natalie schuldig."

„Seine Boshaftigkeit reicht in seine Kindheit zurück. Selbst ich habe das nie erkannt. Mein Gott, wie oft habe ich mit ihm zusammengesessen und Bier getrunken. Nichts, wirklich gar nichts hat darauf hingedeutet." Alexander setzte sich an seinen Schreibtisch. Er nahm seinen Kugelschreiber und kritzelte Kreise auf seine Tischunterlage.

„Er hat zwanzig Jahre lang als Arzt im Cheslock gearbeitet. Niemandem ist etwas aufgefallen, wirklich niemandem."

„Wie hat die Krämer Herb aus der Klinik bekommen?", hakte Alex nach.

„Havering hatte Herb niedergeschlagen, als er ihm zu viele Fragen gestellt hatte und ihm bewusst wurde, dass er nicht mehr aus der Nummer rauskommt. Um aber nicht mit den Morden in Verbindung gebracht zu werden, hatte er ihn in die Klinik gebracht. Danach hatte er Nicole eingeweiht. Sie liebte diesen Verbrecher."

„Sie hat von den anderen Taten gewusst?"

„Nein. Vorerst nicht. Gestern hatte er ihr alles gebeichtet. Aber sie hat Charles geschworen, Herb zu beseitigen. Eigentlich war der Plan, dass sie ihm in der Klinik etwas Luft in die Vene spritzt, verschwindet und dann wäre alles gut gewesen. Havering wäre fein raus gewesen."

„Doch Nicole hat es sich anders überlegt?"

„Sie hat sich sein Werk durch den Kopf gehen lassen. Was er als Kind durchmachen musste. Sie wollte sein Werk beenden. Charles hatte ihr erzählt, dass Jacob ihn mit dem Messer an der Kehle bedroht hatte, um ihn zu zwingen, seine Mutter zu töten. Sie hat also geplant, weiterzumorden. Nur keine Kinder, sondern wir alle sollten daran glauben."

Alexanders Augen waren weit geöffnet. „Sie hat nicht ernsthaft geglaubt, dass sie uns alle auslöschen kann." Fast schon hätte er losgelacht.

„Keine Ahnung, was sie für einen Plan hatte. Sie ist zu Herb in die Klinik. Er wusste ja noch nicht, dass wir Havering verhaftet haben. Sie hat ihm vorgeheult, dass Charles ihr alles gebeichtet hat und er gerade dabei wäre, ein neues Opfer zu holen."

„So hat sie ihn ins Holy gelockt?"

„Korrekt. Unser Herb wollte den Helden spielen und Charles aufhalten. Sie hat ihm eins übergebraten und ihm die Eisenstangen in den Rücken gerammt. Frag mich nicht, wie sie das kraft-technisch schaffen konnte, ihn an diesen Pfahl zu pinnen."

„In Trauer und Wut sind Kräfte manchmal magisch und nicht rational zu erklären."

„Die Masken hatte Havering im Keller gesammelt. Er hatte wohl noch einige Morde geplant."

„Es ist nun vorbei." Alex Gesichtszüge spiegelten Müdigkeit wider. „Wieder so ein Fall, der mich müde macht."

Aiden nickte. Er blieb für einen Augenblick ruhig, getragen von seinen Gedanken.

Alexanders Augen wurden feucht. „Das ist alles eine riesengroße Scheiße. Die letzten zwei Jahre sind ein Haufen Dreck."

Aiden stand auf, stellte sich hinter ihn. Er platzierte seine Hand auf Alex' Schulter. „Wir werden Bennett jagen. Ich denke, wenn Natalie weiß, dass er für sein Verbrechen bestraft wird, dann wird sie eines Tages ihren Frieden finden."

Alexander schüttelte den Kopf. „Das wird sie nie. Sie hat ihren Sohn verloren. Und nun gibt sie sich die Schuld an Herbs Tod. Alles, was ihr die letzten Jahre passiert ist, hat sie kaputt gemacht. Natalie wird nie mehr die Alte sein."

„Wir sollten ihr dabei helfen."

Alexander starrte aus dem Fenster, überblickte die hohen Häuser der Stadt. Die blinkenden, bunten Lichter in der Dunkelheit der Nacht. Das neue Jahr war erst wenige Tage alt. Und schon hat es sich zum Albtraum entwickelt. „Ich kann das hier nicht mehr."

„Was willst du damit sagen?"

„Es ist an der Zeit andere Wege einzuschlagen."

„Alex, red keinen Mist. Du bist einer der besten FBI-Agenten der Welt. Wir brauchen dich. Wir bringen Natalie wieder zur Vernunft. Sie kommt ganz sicher zurück."

Der leitende Ermittler reagierte nicht auf Aidens Worte. Starrte weiter hinaus in die Welt.

„Havering hatte recht mit dem, was er gesagt hat, nicht wahr? Du liebst sie?" Aiden wagte sich auf dünnes Eis.

Doch Alex war zu müde, um es abzustreiten. Er senkte seinen Kopf. Nickte.

„Dann solltest du was tun." Aiden stand auf und wollte den Raum verlassen.

„Woher wusste der Scheißkerl das alles?" Alex drehte sich zu Aiden um.

„Bennett hatte es ihm erzählt."

Alex nickte, entschied dann, nicht weiter auf das Thema einzugehen. „Hast du Haverings Adresse in Bronxville?"

„Ich habe sie an New York weitergegeben. Sie fahren vorbei. Sie werden Bennett schnappen."

Alex' Handy klingelte. Er schaute aufs Display und nahm ab. Sein Gesicht verriet die Enttäuschung, dass es nicht Natalie war. „Scheiße. Der Junge, das dritte Opfer, hat es nicht geschafft. Er ist soeben eingeschlafen. Damit gehen drei Morde auf Haverings Kappe. Indirekt vier."

„Nur können wir ihn dafür nicht mehr belangen. Wir können nur Herbs Tod bestrafen."

Aiden wollte gerade hinausgehen, als Alex ihn erneut aufhielt. „Wir müssen die Beerdigung planen. Herb hatte niemanden."

„Er bekommt die Party seines Lebens." Aiden zwinkerte und verließ das Büro.

Alexander atmete tief ein. Er wählte Natalies Nummer. Sie nahm nicht ab. Mal wieder nicht.

30

Drei Tage später

Natalie hielt sich in den Armen von Alex eingehakt. Ihre Beine wackelten.

Es hatte begonnen zu schneien, als der Priester seine Worte an die trauernden Gäste richtete. „Herb Harris war ein ausgezeichneter Sonderermittler, der die Verbrecher dieser Stadt gejagt hatte. Er tat es mit Leidenschaft. Auch in seinen letzten Lebensstunden kämpfte er gegen das Böse."

Natalie schluchzte. Die Tränen vermischten sich mit den glitzernden Schneeflocken. Sie konnte nicht fassen, dass Herb tot war. In einer Holzkiste lag. Der Sarg war weiß, glänzend, so wie Herb es sich gewünscht hatte. Er hatte immer Späße darüber gemacht, wie er beerdigt werden wollte. Seine Vorstellungen glichen der Beerdigung eines Staatsoberhauptes. *Die hätte er auch verdient,* dachte Natalie.

„Von seinen Kollegen wurde er geschätzt, auch wenn seine Späße nicht immer die lustigsten waren."

Leises Gelächter zog durch die Reihen.

„Agent Harris' letzter Wunsch war es, auf Trauerreden zu verzichten. Er möchte keine Tränen sehen. Es sollte kein Schwarz getragen werden."

Herb hatte sich bestens auf seine Beerdigung vorbereitet. Als Alex bei ihm zu Hause nach einem Testament gesucht hatte, war er auf einen Brief gestoßen, in dem Herb seine Wünsche geäußert hatte. Alex hatte die Trauerfeierankündigung in die Zeitung gesetzt. In dickgedruckter Schrift erfolgte der Hinweis, dass Herb sie in hellen Farben sehen möchte.

Natalie blickte sich um und sah in die traurigen Gesichter. Die Kleider glänzten in den schönsten Farben, niemand trug Schwarz. So wie er es sich gewünscht hatte. Viele FBI Agenten waren anwesend, auch ehemalige. Freunde und die Eltern der Kinder aus den Geiselnahmen erwiesen ihm die letzte Ehre. Sogar Opfer und deren Angehörige aus früheren Fällen, die ihr Leben Herb zu verdanken hatten, waren gekommen. Natalie war gerührt von so großer Anteilnahme. Herb galt als einsamer Mensch, was er womöglich zu Lebzeiten auch gewesen war. An diesem Mittag zeigte sich jedoch, dass Herb einen Namen hatte, dass es Menschen gab, die an ihn dachten. Nur, dass er das nicht mehr miterleben durfte.

„Agent Harris hat viele Leben gerettet. Kollegen fanden bei ihm ein offenes Ohr."

Das Schluchzen der Menschen rasselte in Natalies Ohren. Sie schnäuzte ihre Nase. Harris tauchte vor ihrem inneren Auge auf, stand breit grinsend vor ihr. Seinen rechten Arm in die Hüfte gestemmt, den anderen mit erhobenem Zeigefinger nach oben gestreckt. „Mädchen", hatte er immer zu ihr gesagt. Sie hasste sich so sehr dafür, dass sie die letzten zwei Jahre die Zeit mit ihm versäumt hatte. Dass sie sich nur mit sich selbst beschäftigt hatte.

Nicht einmal, dass er schwer krank war, hatte sie begriffen. Immer war er für sie da gewesen, hatte auf sie aufgepasst, sie aufgemuntert, ihr Arschtritte verpasst.

„Er möchte, dass ihr lacht, dass ihr tanzt. Ihr sollt ihn feiern. So wie er das Leben genossen hat." Jemand ging durch die Reihen und verteilte volle Champagnergläser. Die Trauergemeinde schaute irritiert. „Es war sein Wunsch, euch singen zu hören, euch tanzen zu sehen. Er beobachtet euch, von dort oben." Der Priester zeigte in den Himmel. „Ich will keine traurigen Lieder hören." Die melancholische Musik stoppte abrupt und die leichten Bässe einer fröhlich, peppigen Musik ertönte. Die Stimme des Priesters wurde lauter, fast hätte Natalie geglaubt, dass es wirklich Herb war, der zu ihnen sprach. „Tanzt und singt. Feiert, dass wir uns kannten." Laute Musik dröhnte aus dem Lautsprecher. Poppige Lieder der Siebziger. Luftballons stiegen in den Himmel, jeder einzelne bedruckt mit: *Das Leben ist so eine schöne Sache.* Natalie sah aus den Augenwinkeln, wie alle anfingen zu tanzen, zu lachen. Ganz nach Herbs Vorstellungen. Nur sie war nicht in der Lage, sich zu lösen.

Plötzlich konnte sie nicht mehr. Ihre Kraft ließ nach, ihre Beine sackten weg. Natalie fiel wie ein nasser Sack zu Boden. Ihr Schluchzen ging in ein jammerndes Klagelied über. Sie schrie ihr Leid in die Welt. Gemischt mit dem Verlustschmerz ihres Sohnes. Ihr Schrei zerriss die Stimmung der tanzenden Trauergemeinde. Einige der umstehenden Leute schüttelten peinlich berührt den Kopf, andere tanzten weiter. Doch Natalie interessierte es nicht. Sie schrie. Der Schmerz brannte auf ihrer Seele. Ihr Körper zitterte. Alexander beugte sich zu ihr hinab. Er versuchte, sie hochzuheben, doch Natalie blieb hocken. Aiden bahnte sich einen Weg nach vorn, um Alex zu helfen. Sie brachten Natalie etwas abseits, setzten sie auf eine Bank.

Sie hielt ihr Gesicht mit beiden Händen zu. „Ich schaffe das nicht mehr. Ich habe ihn getötet."

„Natalie, hör endlich auf, dir die Schuld zu geben. Nicole Krämer hat ihn getötet." Alex klang wütend.

„Weil er beweisen wollte, dass nicht ich die Morde verübt habe. Er wollte mich beschützen, als ihr alle nicht an mich geglaubt habt."

„Das stimmt so nicht", sagte Aiden, der etwas sanftere Töne anschlug.

„Geht zurück auf die Beerdigung, ich komme zurecht."

Alexander nickte Aiden zu, dass er gehen solle. Er blieb bei Natalie.

Sie schmiegte ihren Kopf an seine Schulter.

„Es tut beschissen weh, ich weiß. Ich habe auch einen Freund verloren. Doch ich möchte nicht auch noch dich verlieren. Hast du gehört? Gemeinsam schaffen wir das."

Natalie nickte.

Alexander gab ihr einen Kuss auf die Stirn. Dann auf die tränennassen Augen und schlussendlich auf den Mund.

Natalie schmiegte sich enger an ihn. Sie hörte seinen Herzschlag.

„Jetzt, wo ich dich endlich habe, werde ich verhindern, dass du mir wieder entwischst. Und wenn ich dich dafür an mich ketten muss."

31

Ein paar Stunden später

Natalie hatte sich in Liams Zimmer zurückgezogen. Die Dunkelheit war das Einzige, was sie ertragen konnte. Sie roch an seiner Decke, die seit seinem Tod dort lag, als warte sie darauf, dass er zurückkommt. Die Träume, die sie monatelang gequält hatten, waren weg. Immer wieder war sie schweißgebadet aufgewacht, weil sie Liam nach ihr rufen hörte. Sie hörte die Worte von Charles Havering, die sich in ihr Gedächtnis gebrannt hatten: *Er hat ihm einfach das T-Shirt über das Gesicht gezogen und gewartet, bis er sich nicht mehr bewegt.* Worte, die fortan als Bilder in ihrem Kopf hängenbleiben würden. Wie konnte Jacob zu so etwas fähig sein? Der Zorn, den sie in New York gespürt hatte, als Jacob vor ihr stand, meldete sich erneut. Sie war nicht nur auf ihren Exmann wütend, sondern auch auf sich selbst. Jahrelang hatte sie sein mieses Spiel nicht durchschaut. Das andere Haus, in dem er seine kranke Seite ausgelebt hatte, in dem er die Morde geplant hatte. Kindermorde. Sie hatte geglaubt, dass er sie abgöttisch lieben würde. Sie und Liam. Niemand hätte ihnen das Glück zerstören können. Sie erinnerte sich an die Worte von Alexander. Er hatte sie damals gefragt, ob sie sicher sei, ihn heiraten zu wollen. Sie wollte unbedingt, obwohl ihr Bauchgefühl schon damals nein geschrien hatte. Doch das hatte sie darauf geschoben, dass sie und Jacob eine unterschiedliche Vorstellung von einer romantischen Hochzeit hatten.

Natalie roch noch einmal an der Decke. „Ich hoffe, du findest deinen Frieden, Liam. Mama wird dich immer bei sich haben."

Sie stand auf und ging ins Wohnzimmer. Sie schmiss etwas Holz in den Kamin, setzte sich davor, betrachtete das Feuer. Es spiegelte sich in ihren Augen wider. Das Knistern beruhigte sie. Erneut durchfluteten Worte von Charles Havering ihre Gedanken. *Wie blind gehst du eigentlich durch die Welt? Kann dir jeder etwas vormachen?*

Jacob war tot. Er konnte kein Unheil mehr anrichten.

Die Sonderermittlerin stand auf, ging in die Küche, öffnete den Schrank und schenkte sich fast automatisiert einen Schluck Single Malts ins Glas. Schnell kroch das blumige Aroma in ihre Nase. Sie konnte das Brennen in ihrer Kehle spüren, das rein aus ihrer Erinnerung stammte. Es war ein Fehler. Gern hätte sie ihren Schmerz betäubt, hätte ihre Wut heruntergespült. Nach wie vor gab ihr Alkohol das Gefühl, die Oberhand über ihre Emotionen zu haben. Dummerweise bewahrte sie immer eine Flasche auf, obwohl sie längst trocken war. Doch Tage wie diese machten ihre Abstinenz schwer. „Was soll es dir bringen? Das ändert nichts an deiner Situation." Natalie kippte das Gesöff in den Ausguss, was ihr ziemlich schmerzte. Es war, als vernichte sie damit ihr Leben. Sie schwor, nie wieder Alkohol anzurühren.

Sie musterte ihre Silhouette im Fenster. In La Grange war es ruhig. Die meisten der Bewohner schliefen um diese Zeit, schlummerten friedlich in den Armen ihrer Partner. Natalie war seit zwei Jahren einsam. Das Team war ihre Familie. Doch nun war Herb tot. Anna war sauer auf sie. Und Alexander würde wahrscheinlich wieder auf Abstand gehen. Sie hatte gesehen, wie er sie anstarrte, nachdem er erfahren hatte, dass Jacob ermordet wurde.

Natalie zog das Haargummi aus ihrem kräftigen Haar. Das braune Haar umspielte ihr blasses Gesicht. Natalie wirkte ausgemergelt. Das Essen bekam sie einfach nicht in den Griff. Ihr Körper verlangte es nicht. Jedes Mal, wenn sie dabei war wieder aufzustehen, kam etwas, das ihr den Appetit raubte. Sie kochte sich einen Kaffee. Sog den heißen Dampf ein, um den blumigen Geruch des Whiskeys aus der Nase zu vertreiben. Ihr Körper schrie nach Ruhe und Schlaf. Doch sie würde keinen Frieden finden. Nicht heute Nacht und auch nicht in den kommenden.

Das Läuten ihres Handys holte sie aus den Gedanken. Natalie kannte die Nummer.

„Hey, Natalie. Hier ist Howard."

Die Ermittlerin räusperte sich, hatte wenig Lust mit dem Freund von Jacob zu sprechen. Sie hatte das Gefühl, dass er Trost bei ihr suche. Doch sie wollte nichts anderes, als mit dem Thema abschließen. „Howard, ich habe nicht mit Ihrem Anruf gerechnet." Es klang sicher nicht höflich. Natalie hoffte, einem weiteren Jacob-Thema entgehen zu können.

„Ich wollte nur mal fragen, wie es Ihnen geht? Ich habe von den grausamen Morden in den Nachrichten gehört."

„Schreckliche Sache."

„Ein Partner von Ihnen ist dabei ums Leben gekommen?"

„Er war eines der Opfer."

„Das ist tragisch. Das tut mir sehr leid. Warum hat der Typ das gemacht?"

Natalie stutzte kurz, bis ihr einfiel, dass Howard die Einzelheiten nicht kennen konnte. Für die Welt da draußen gab es nur die Information, dass ein brutaler Serienkiller Kinder getötet und sie als Figur vor ein Krankenhaus drapiert hatte. Niemand wusste von den Botschaften. Niemand kannte den wahren Grund. „Ich will ehrlich mit Ihnen sein." Natalie wusste, dass sie das nicht durfte, doch ihre Tage beim FBI waren sowieso gezählt. „Es hat mit Jacob zu tun."

„Mal wieder. Na ja. Aber ab sofort kann er kein Unheil mehr anrichten."

„Fragt sich nur, ob das reicht, um Genugtuung zu empfinden." Natalie starrte auf das lodernde Feuer im Kamin, erschrocken über ihre harten Worte. „Kennen Sie Charles Havering?"

„Nicht persönlich. Jacob hatte mir von ihm erzählt. Was er ihm angetan hatte."

„Sie hatten mir davon nichts gesagt." Natalie rieb sich die müden Augen.

„War er ... der Mörder?", fragte Howard, ohne auf Natalies Worte einzugehen.

„Ja. Er hat es getan, um Jacob Bennett zu finden. Er wollte erst aufhören, wenn Jacob tot ist."

schaute auf die Uhr. Es war weit über Mitternacht. Sie hatte genug geredet.

32

Ein Tag später

Natalie saß an dem schwarzen Tisch, zwirbelte eine Haarsträhne um ihren Zeigefinger und lauschte den Worten ihres Anwaltes.

„Können Sie diese haltlosen Unterstellungen auch beweisen?"

Die Worte drangen nur gedämpft zu ihr. Seit sie in den frühen Morgenstunden in ihrem Haus in La Grange festgenommen wurde, verkroch sie sich in ihr Inneres. Gegen 6:30 Uhr hatte es an der Haustür geklingelt. Und ehe sie sich versah, wedelte ein Haftbefehl vor ihren Augen.

„Es ist die Frage, ob Frau Bennett beweisen kann, dass sie nicht schuld am Tod ihres Exmannes ist."

Natalie rührte sich nicht. Sie starrte auf den Tisch. Ein Krachen außerhalb des Raumes holte sie aus der Lethargie.

„Verflucht, was soll der Mist?" Der ermittelnde FBI-Agent, der Natalie schon auf Herbs Beerdigung so eindringlich gemustert hatte, erhob sich und öffnete die Tür.

„Das darf nicht wahr sein! Dieser Albtraum nimmt kein Ende." Natalie hörte Alexander im Flur herumbrüllen. Sie hatte ihm eine Nachricht geschickt, als sie sich im Bad etwas angezogen hatte.

Aiden sagte etwas, das Natalie nicht verstehen konnte.

„Was soll das denn hier werden?", fragte der Ermittler mit strenger Stimme. Er stand an der Tür und blickte hinaus. „Würden Sie sich bitte zusammenreißen? Oder ich lasse sie des Gebäudes verweisen, Agent Johnson."

Natalie hörte, wie Alex mit ihm diskutierte, um bei der Befragung dabei sein zu können. Er hatte keine Chance.

Der Ermittler schloss die Tür so, dass sie laut ins Schloss fiel, um zu verdeutlichen, wie genervt er war. „Ist es richtig, dass Sie sich in den letzten Wochen in Bronxville aufgehalten haben?"

Natalie verschränkte die Arme und lehnte sich im Stuhl zurück. „Was soll die Frage? Sie wissen die Antwort doch."

„Bitte verhalten Sie sich angemessen, Agent Bennett. Sie werden des Mordes verdächtigt. Es geht hier um Ihr Leben und Ihre Karriere."

Natalie verdrehte die Augen und seufzte. „Ja, ich habe mich in Bronxville aufgehalten. Ist das verboten?"

„Nicht, wenn man seinen Exmann nicht tötet."

„Sehen Sie, also alles legal."

„Sie haben bei einer Familie gewohnt?"

„Sie haben Ihre Arbeit gut gemacht." Ein Ellenbogen bohrte sich in ihre Flanke. Ihr Anwalt forderte sie zur Vernunft auf.

„Was haben Sie in Bronxville gesucht?"

„Nichts Bestimmtes."

„Also gut, Agent Bennett, wenn Sie wollen, ich kann auch anders. Die Familie, bei der Sie gewohnt haben, hat uns interessante Angaben machen können."

„Da bin ich aber gespannt." Natalie benahm sich wie ein trotziges Kleinkind. Sie wippte mit den Beinen. Ihr Anwalt räusperte sich. Sie sah, wie sich seine Wangen rot färbten. Ihm schien ihr Verhalten unangenehm zu sein.

„Sie gaben an, dass Sie sich sehr merkwürdig benommen hätten und aus allem ein Geheimnis gemacht haben."

„Oh, das ist natürlich hochgradig verdächtig."

„Der Mann hat Sie daraufhin an einem Morgen verfolgt und gesehen, dass Sie an dem Elternhaus von Jacob Bennett herumgelungert haben. Was wollten Sie dort?"

Natalie rümpfte ihre Nase. Diese neugierige Familie hatte ihr auch noch nachspioniert. „Soviel ich weiß, gibt es kein Verbot, das besagt, dass ich nicht auf der Straße im Auto sitzen darf."

„Aber Sie verstehen schon, dass es sehr merkwürdig ist, wenn Sie zwei Wochen lang von morgens bis abends das Elternhaus Ihres Exmannes beschatten?"

Natalie zuckte die Schultern. „Was genau werfen Sie mir vor?"

„Sie werden verdächtigt, Jacob Bennett ermordet zu haben."

„Das habe ich verstanden. Aber ich würde gern wissen, welche Indizien genau Sie veranlassen, mich zu verdächtigen?"

„Die New Yorker Polizei ist eurer Spur nachgegangen. Sie haben Jacob Bennett nicht an der besagten Adresse angetroffen, haben aber eine Fahndung nach ihm herausgegeben.

nicht verkneifen. Es war jedoch so zart, dass ihr Gegenüber es nicht wahrzunehmen schien. Oder er ignorierte es.

„Agent Bennett, tun Sie uns bitte den Gefallen, sagen Sie doch die Wahrheit. Wer außer Ihnen hätte einen Grund?"

„Wollen Sie darauf wirklich eine Antwort?" Sie stierte ihn herausfordernd an. An seiner hervortretenden Ader an der kahlen Stirn erkannte sie seine Wut. „Ich habe Jacob nicht erwischt."

Der Anwalt erhob sich. „Wenn Sie keine weiteren Beweise vorzuweisen haben, würde ich empfehlen, dass wir der Sache ein Ende setzen."

„Nicht so schnell. Die Hinweise sprechen gegen Agent Bennett. Wir behalten sie hier."

„Sie wissen nur, dass meine Mandantin in New York war. Sie hat eingeräumt, nach Jacob Bennett gesucht zu haben. Es liegen keine Beweise vor, dass sie die Mörderin ist. Sehe ich das richtig?"

Der Ermittler schluckte.

Natalie beobachtete den Hahnenkampf.

„Sie bleibt vorläufig festgenommen."

Der Anwalt drehte sich zu Natalie. „In vierundzwanzig Stunden sind Sie hier raus." Er drehte sich zu dem Ermittler. „Dann mal los. Tragen Sie Ihre haltlosen Beweise dem Staatsanwalt vor." Grinsend verließ er den Raum.

Der Ermittler musterte Natalie, ehe er ebenfalls den Verhörraum verlassen wollte. An der Tür hielt er inne und machte kehrt. „Woher wussten Sie, wo sich Ihr Exmann aufgehalten hat?"

Natalie schaute ihn an. Sekunden des Schweigens. Sie seufzte. „Von Howard Brighton."

Epilog

Sie saß am Fenster und blickte in den grauen Himmel. Die Enge nahm ihr die Luft zum Atmen. Natalie versuchte, sich zu beruhigen. Doch eine unsichtbare Schlinge zog sich um ihren Hals, wurde immer enger. Sie atmete tief ein und aus, um sich zu beruhigen. Um die aufsteigende Panik zu unterdrücken. Die Wolken waren grau und spiegelten eine Trostlosigkeit wider, die die Panik noch verschlimmerte. Sie fühlte sich gefangen. Und beobachtet. Die letzten Tage hatten ihre Spuren hinterlassen. Natalie hatte sich plötzlich in einem Albtraum wiedergefunden. Sie saß gefangen, wie eine Schwerverbrecherin, in einer Zelle, sah die Wände auf sich zukommen. Ihre Hände waren nass, sie legte sie auf die Augen. Ihr Herz stand kurz davor, aus ihrer Brust zu springen.

„Jetzt beruhige dich. Meine Güte, bist du ein Angsthase."

Natalie grinste Alex an. „Warum müssen die so ein blödes Flugzeug dermaßen eng bauen?"

„Na klar, und warum muss ein Flugzeug auch so hoch fliegen, stimmts?"

Alexander und Natalie lachten.

Natalie hatte Flugangst. Obwohl sie schon unzählige Male in einem Flieger gesessen hatte, konnte sie sich nicht daran gewöhnen.

„Diesmal hast du ja mich dabei." Alex zwinkerte ihr zu. Er gab ihr einen Kuss auf die Stirn. Nahm ihre zittrige, schweißnasse Hand. „Iiih."

„Stell dich nicht so an", lachte Natalie. „Ich bin froh, dass du da bist."

„Sie werden uns vermissen."

Natalie nickte. „JA, ich werde sie auch alle vermissen. Anna hat unsere Kündigung ganz schön übelgenommen."

„Sie wird sich beruhigen. Spätestens, wenn sie uns alle in der Karibik besuchen kommen."

„Ich befürchte, sie werden uns ständig auf die Pelle rücken."

„Ganz egal." Alexander strich ihr eine braune Haarsträhne aus dem Gesicht. „Hauptsache, es wird alles gut."

„Das wird es." Natalie schmunzelte.

„Ich habe noch eine Frage an dich." Alex sah sie an.

Natalie nickte, als wüsste sie, was nun kommen würde. „Warum das Ganze?"

„Was meinst du?"

Alex senkte den Blick. „Dieser Alleingang?"

„Hätte ich dich fragen sollen: Hey Alex, ich fahre nach Bronxville, um Jacob zu jagen. Hast du Lust mitzukommen?"

„Das wäre besser gewesen."

„Alex, ich musste das tun."

Alexander schluckte und musterte ihre leuchtenden Augen. Seit man sie aus der Untersuchungshaft entlassen hatte, wirkte sie ausgeglichener. Fast schon hatte es den Anschein, als ob sie erlöst war.

„Ich nehme es dir nicht übel." Sie küsste ihn. „Jeder glaubt, dass ich ihn getötet habe."

„Ich habe das Haus gesehen, Natalie. In dem du alles kleingeschlagen hast. Diese Wut." Er schüttelte den Kopf.

„Wärst du nicht auch wütend gewesen?"

Alex umging die Frage. „Howard Brighton war also auch ein Opfer von ihm?"

„Er. Und viele andere Menschen."

„Das kommt dir zugute. Denn so gibt es genug Verdächtige. Du hast verdammtes Glück gehabt. Natalie, ab sofort tust du nichts mehr hinter meinem Rücken." Er streichelte ihr zärtlich über den Kopf.

Sie lächelte.

„Nur rein hypothetisch: Wenn du die Chance gehabt hättest, Jacob zu töten… Hättest du es getan?"

Natalie schwieg.

Alexander lehnte sich im Sitz zurück. „Es wird wirklich Zeit für eine Pause."

Zufrieden lehnte sich nun auch Natalie in den Sitz, schloss ihre Augen.

Alex' Hand umklammerte ihre, die noch immer schweißnass war. Er beobachtete ihre Gesichtszüge und erkannte Erleichterung in ihnen. Seufzend schüttelte er den Kopf. Er wollte es nicht. Er wollte nicht glauben, dass sie Jacob getötet hatte.

Danksagung

Ich habe es wieder getan. Ich habe Ende unter einen Roman geschrieben. Wutschrei hat mich unendlich viele Nerven gekostet. Zu Beginn hatte ich keinen richtigen Flow, raus kam ein mittelmäßiger bis schlechter Plot und ein No-Go von der Lektorin. Das kleine Teufelchen rechts auf meiner Schulter hatte versucht, mir einzureden, dass es wohl an der Zeit war, aufzuhören. Ich wurde von Zweifeln zerfressen, ob dieser Weg ein richtiger ist. Den Teufel habe ich vertrieben. Ich habe das Krönchen gerichtet, habe einige Kapitel gelöscht und von vorn angefangen.

Warum?

Weil es meine Leser sind, die mich immer wieder motivieren, das nächste Buch zu schreiben. Positive Feedbacks, ehrliches Interesse und Geduld haben mir die Entscheidung leicht gemacht. Nun darf ich den 3. Teil, und somit den letzten der Natalie Bennett Reihe, in die weite Welt schicken.

Genau deshalb gilt mein Dank Euch. Danke für die Geduld, für die große Resonanz und dafür, dass Ihr meine Bücher kauft. Zudem zeigt, Rezensionen schreibt, darüber sprecht, sie weiterempfehlt. DANKE!

Wenn Du weiterhin auf dem Laufenden bleiben möchtest, melde Dich zu meinen Newsletter an und verpasse keine Informationen mehr. Hin und wieder versteckt sich auch eine kleine Überraschung dahinter. Anmelden kannst Du Dich hier: www.andreareinhardt.de/newsletter

Während diesem Prozess hat mir ein lieber Kollege mit seiner Erfahrung und seinen wertvollen Tipps unglaublich weitergeholfen. Ich bedanke mich bei Martin Krist, der sich meine Sorgen angehört hat, mich wieder geerdet und mit ehrlicher Kritik weitergebracht hat. Im Übrigen kann ich seine Thriller nur empfehlen.

Aber auch andere Kollegen, die mir bei fachlichen Fragen zur Seite standen und mit ihren Einschätzungen enorm weitergeholfen haben. Sorry für die tausenden Belästigungen. Zu erwähnen sind Nadine Teuber, Sandy Mercier, Claudia Giesdorf, Anja Behn und Cristina Haslinger.

Ich bin unendlich glücklich, eine Familie zu haben, die mir den Rücken freihält und mich in meine kleine Fantasiewelt eintauchen lässt. Oft verbringe ich viele Stunden dort. Danke, dass Ihr mich ernst nehmt und unterstützt. Gleiches gilt für meine liebe Freundin Janett. Danke, dass Du immer da bist.

Natürlich wäre das Buch nicht so entstanden, ohne meiner gnadenlos ehrlichen Lektorin Anja Lott. Vielen Dank: für die Bewahrung eines großen Fehlers. Außerdem möchte ich mich für die letzten drei Jahre bedanken, für eine wundervolle Zusammenarbeit, aus der eine tolle Freundschaft geworden ist. Auch wenn es uns beruflich nun trennt, werde ich Deine Einschätzung immer als wichtig empfinden. Ich bin sehr glücklich darüber, was Du aus mir herausgeholt hast. Natalie Bennett ist auch ein Teil von Dir!

Stella Herrero Otero möchte ich danken für ihren schnellen Einsatz im Korrektat. Die Arbeit hat mir viel Spaß gemacht. Ich freue mich auf unsere zukünftige Zusammenarbeit und vielen Lachern.

Anne Merod hat dieses Jahr die tollen Cover der Reihe gezaubert und starke Nerven behalten, als meine Zweifel am lautesten schrien. Vielen Dank dafür.

Liebe Nicole,
nun ist sie fertig, die Rolle Deines Lebens. Ich hoffe, Du hattest Spaß. Danke für Deine offenen Worte und das Du von Anfang an an mich geglaubt hast.

Weitere Bücher

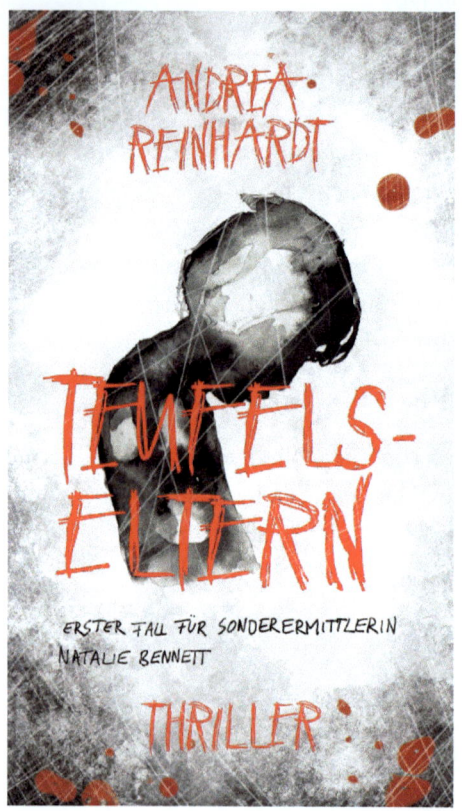

ANDREA REINHARDT

TEUFELS-ELTERN

ERSTER FALL FÜR SONDERERMITTLERIN NATALIE BENNETT

THRILLER

Misshandlung, Folter, gequälte Seelen

Chicago 2016

Zwei Jahre nach einer schweren Lebenskrise kehrt Sonderermittlerin Natalie Bennett zum FBI zurück. Ihr erster Fall, zwei aus einer Klinik entführte Kinder, entwickelt sich zu einer wahrlichen Zerreißprobe.

Während der Ermittlungen stoßen die FBI Agenten auf eine Reihe verstorbener Kinder. Die Todesursache ist laut Obduktionsbericht immer die gleiche, die Todesumstände jedoch werfen Fragen auf. Der Druck auf die Ermittler wächst, als die Hauptverdächtige nicht mehr vernehmungsfähig ist. Für Natalie Bennett und ihren Partner Alexander Johnson beginnt ein Wettlauf mit der Zeit, die Kinder lebend zu finden.

Der erste Thriller „Teufelseltern" um FBI Sonderermittlerin Natalie Bennett führt die Leser in eine emotionale Achterbahnfahrt der Gefühle, die von Wut, über Trauer bis hin zu Fassungslosigkeit reichen.

ANDREA REINHARDT

MISSETATEN

zweiter Fall für Sonderermittlerin
Natalie Bennett

THRILLER

„Wenn du deine Untat geleugnet hast, wirst du keine Gnade erhalten.“

Als FBI- Sonderermittlerin Natalie Bennett noch mit den Folgen des letzten Falles zu kämpfen hat, wird das Team zu einem neuen prekären Fall gerufen.

Eine Leiche im DuPage County. Aufgeschlitzt, ein fehlendes Organ, abgelegt wie ein Stück Vieh. Es dauert nicht lang, bis eine zweite Leiche gefunden wird. Schnell wird klar: Es ist die gleiche Handschrift wie beim ersten Opfer.

Als ein zwölfjähriges Mädchen verschwindet, liefern sich die Ermittler einen Wettlauf mit dem Serienkiller. Denn er mordet in immer kürzeren Abständen - aus einem ganz bestimmten Grund.